稲本《いなもと》 正人《まさと》

大学生になったばかりの十八歳。明るく友人も多いが、男子校で部活漬けのせいか彼女ができず童貞。性欲旺盛で、幼少期から亜衣のエロボディに興味津々だった。

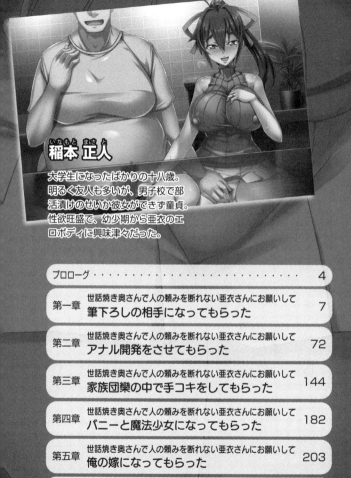

プロローグ

「いよいよ新生活が始まるわけかぁ……」

取り敢えず形だけは整ったぞ、という感じの殺風景な部屋。

そこには引っ越しの荷解きを終えた家具や段ボールが乱雑に置かれている。

俺は思わず、それらしいことを口にしてみたものの、言うほどに新鮮味はなかった。

引っ越しを終え、いよいよ新生活の始まる第一日目。

しかしここ、鴫原町《しぎはらちょう》は俺、稲本正人《いなもとまさと》が生まれ、中学生になるまで過ごしていた土地。新天地に越してきたというわけではなく、大学進学を機にまた舞い戻ってきたのだ。

あれから何年経ったんだっけ……今年で十八だから、大体六年ぶりになるのか。

大学へ通うのに便利な路線が走っていること、そしてなにより、両親の知りあいがオーナーをしている物件が格安で借りられるということ。

ふたつの条件が揃い、単身で地元へ舞い戻ったわけだ。

窓を開けて見える景色は、思いのほかすっきりしていて悪くない。

六階建ての四階に位置するこの部屋からだと、近くに乱立しているマッチ箱みたいな戸建てはみな見下ろす格好になり、入り込む陽の光を遮るものはない。

町並みの様子が頭に浮かぶのが、懐かしいのと同時に切ない。

「全然変わってないなー、この町……」

心機一転のひとり暮らしの割には勝手知ったる町だが、それもまたよし。

久しぶりの町に帰ってきて、嬉しいという思いもあるのは確かだ。

感傷はそれくらいにして、改めて新居を見渡す。

このマンションには三種類の間取りがあるらしい。

2LDK、1LDK、そして俺の部屋のような1K。

男のひとり暮らしには、それで充分だ。

今日からここが俺だけの部屋だと思うと、胸がジーンとして、言いようのない解放感を感じる。

ここは俺の城。俺だけの住処《すみか》。

これで家族に気を使う煩《わずら》わしさから解放される。

べつに不仲ってわけじゃないけど、やっぱり鬱陶しいときというのはある。

これから始まる輝かしい大学生活で、念願の彼女ができるかもしれない。

彼女ができたら……この部屋に連れ込めるのだ！

大学生ってそういうもんなはずだ！

だったらきっと俺にも彼女のひとりやふたり、できるハズ！

このひとり部屋は、いわばその足がかりだ。

愛しい彼女とふたりでコンビニなんか行って、最低限の食べ物だけ買って……この部屋で朝から晩まで肌を重ねながら過ごすんだ。

――しかし、その前に、ご近所へ挨拶に伺わねば。

母親に「両隣の家に渡しに行け」とタオルを押しつけられていた。

――あのマンションを半額以下で借りられるのは、大家さんの厚意なのよ。しっかり意識して、礼儀作法はちゃんとしなさいよ。いい住民になるのよ！

口うるさく言われていたのだが、正論ではある。

というわけで俺は身なりを最低限整え、タオルを片手にドアを開いた――。

第一章
世話焼き奥さんで人の頼みを断れない亜衣さんにお願いして筆下ろしの相手になってもらった

——右隣の家は、どうやら空室で誰も住んでいないようだった。

左隣を見ると、「藤川《ふじかわ》」という表札。

まあ、挨拶が一回で済むのはよかったけど、それでも知らない人に挨拶するのって緊張する。

深呼吸して覚悟を決めると、俺はその「藤川」さん家《ち》のインターフォンを押した。

ピンポーン……。

「はいはぁーい、ちょっとお待ちを～っ」

ドアの向こうから聞こえてきたのは、若い女性の声。

急に緊張感が押し寄せる。

「あ、あの。隣に引っ越してきた者ですッ。ご挨拶と思って……」

「あらまぁ、ご丁寧にどーもー。今出ますねぇ」

がちゃっ。

ドアが開かれ、そして俺は息を呑んだ。

姿を見せたのは、想像よりもずっと若くて、ずっと綺麗で、それに——。

すっげえむっちむちの、メチャクチャエロいカラダをした女の人だった。

目と目があってしまったのが恥ずかしくて視線を下にやると、服をぱつぱつにしているでっかい胸がある。

いや、見ちゃダメだって……！

そう思ってさらに視線を下げると、短めのスカートからはみ出た、すべすべの太股が目に入る。

どこに目をやってもダメじゃん、こんなん！

顔に血が集まるのを感じる。

とにかく早く挨拶しないと！

「あっあの！　隣に越してきました、稲本と申す者です！　これ！」

しゅばっと頭を下げ、しゅぱっとタオルの包みを差し出す。

が、相手からはなにも言葉が返ってこない！

「あ……の、その」

なにか変なところがあっただろうか……と不安になって顔を上げると。

「稲本って……もしかして……」

彼女は、声を震わせた。

「マサ……？」

マサ。俺のあだ名だ。

なんでそれを、目の前の綺麗な人が……。

その瞬間、俺の脳に懐かしい声が思い出された。


──マサは本当にやんちゃなんだから！　そんなことばっかしてたら、女の子に嫌われるよッ！

──マサ、引っ越すって本当？　この町から出て行っちゃうの……？


目の前の女性のことをしっかり見る。

クリッとした大きな瞳。ツヤツヤした髪の毛。

それは、俺の記憶の底に眠っていた存在を思い出させて……。

「まさか……まさか、亜衣姉《あいねえ》……⁉」

その名前を呼ぶと、目の前の綺麗な女性は、まるで子供のような笑顔になった。

「わあっ、やっぱりマサじゃんかっ！」

この鳴原町に住んでいた子供の頃、ずっと仲よくしていた年上のお姉ちゃん。

俺は亜衣姉と呼んで、いろいろと世話を焼いてもらっていた。

両親が共働きで、鍵っ子だった俺とよく遊んでくれて、いつもいっしょにいてくれた人だ。

まさかその亜衣姉が——隣の部屋の住人だなんて——。

偶然に胸を高鳴らせかけたそのとき、ふと疑問が浮かび上がった。

表札には「藤川」とあったけど、亜衣姉って、名字は白河《しらかわ》じゃなかったっけ……？

「ひっさしぶりじゃん！　え、なんでマサがこんなとこにいんのさー。引っ越してきたってホント!?」

亜衣姉は感極まった様子で俺の肩をバシバシと叩く。

「だ、大学に通うために戻ってきたんだよ」

「へぇぇー！　それじゃおじさんやおばさんもいっしょ？」

「いや、ひとり……ここ、知りあいが管理してる物件だから安く貸してくれて」

「あらぁぁそうなの！　すごい偶然もあるんだねぇ、これからまた、昔みたいに仲よくできるじゃないの！」

そんなふうに笑ったときの感じは、昔と全然変わらない。

世話焼きで優しくて、みんなの姉ちゃんって感じだった亜衣姉。

それがこんな綺麗な女性になって、しかも、俺に昔と変わらない笑顔を向けている。

わじゃわしゃっ！

しなやかな腕が伸びてきて、俺の頭を撫でた。

子供のときと変わらないように。

「や、やめてよ。もう子供じゃないんだから」

「なにぃ、マサのクセに生意気言うじゃないさ！」

俺が手を払おうとすると、サッとかわされた。

「アタシんなかじゃマサはずっとマサ。泣きながらアタシの後についてきたあの頃のまんまだよ」

「泣いたことなんかないし！　ついてってもいないから！」

「なにぃ～？」

亜衣姉は俺を睨む。

「アンタがおばさんの口紅で家中に落書きしたとき、いっしょに消してあげたこと、忘れたとは言わせないからね」

「エッ⁉　そ、そんなことあったっけ」

「もうだくだく泣きながら、お母さんに怒られるぅ～ってすがりついてきてさぁ」

「そんなことあったっけぇ⁉」

俺は素で問い返すが、亜衣姉は呆れ顔になる。

「結局消しきれなくて、いっしょに謝ってあげたのも忘れちゃった？　まったく薄情者なんだから！」

そう言われるとそんなこともあったような、なかったような……。

「学校に入ってからもずーっと。亜衣姉助けて、夏休みの宿題終わらない〜！　だの、おつかいのお金でオモチャ買ったのバレちゃいそう〜、だの！」

とんでもない黒歴史発掘者だ……！

「マサったらずーっとアタシを頼ってたじゃないの。もう何回アンタの手を引いて、おばさんや学校の先生んとこ謝りに行ったか覚えてないよ」

確かにその辺りは身に覚えがあるけどさ。

「……ま、手間のかかる子ほど可愛いってのはあるんだねぇ。こうして何年経ったって、マサのことはすぐ思い出せるくらい覚えてたってことは」

言われっぱなしでは面白くないと、俺はさっきからの疑問を口にした。

「……そういえば、亜衣姉はどうしてここに？」

考えれば彼女の住まいは俺の家のすぐ近くの、結構古い感じの一戸建てのはずだ。

いや、亜衣姉もひとり暮らししてるのかな……？

だって、俺が十八なんだから、亜衣姉は……ええと……確か俺の八つ上だったと思うから……二十六歳かな？

——などと思っていると、亜衣姉は笑顔のまま、爆弾発言を返してきた。

「ああ、結婚してね。今はここにコーさん……旦那さんとふたりで暮らしてんのよ」

「え……っ⁉」

なんだろう。

胸が……急に、ぎゅっと掴まれたようになった。

亜衣姉……結婚したんだ……。

しかし彼女は俺の気も知らぬげに、中から現れた男を紹介した。

「あ、今ちょうど来たわ……この人よ」

それは善良そうな顔に、穏やかそうな眼鏡をかけた男。

「亜衣ちゃん、どちら様？」

発せられる声も、人のよさそうなものだった。

「ああコーさん。この子、稲本正人くん。隣に引っ越してきたんだって。なんとアタシの幼なじみ！」

邪気のない顔で紹介され、俺も慌てて笑顔を作る。

「あ……！　あ、えっと、どうもッ」

「どうもどうも、康介《こうすけ》です。亜衣ちゃ……妻が昔からお世話になっていた人が越してきてくれるなんて、嬉しいよ」

旦那さんは、ニコニコと笑う。

絵に描いたようないい人って感じだ……。

「ここで話し込むのもアレだね。マサ、上がっていきなさいよ」

屈託のない亜衣姉の誘いに、しかし俺は首を横に振った。

「あ、いや……まだ荷解きが終わってなくて」

ウソだ。荷解きはさっき、終わらせたところだ。

「あらそう、残念。手伝おうか？」

「いやいや！　散らかってて恥ずかしいし……その、ありがとう。これからよろしく」

「フフッ！　そうだね、よろしくね。なんかあったらいつでも来なよ」

「うん……その、旦那さんも、よろしくお願いします」

「うん、よろしくね」

最後まで善意の塊のようなふたりを背に、俺は部屋へと戻った。


「マジかぁ～～～」

完成したばかりのベッドに倒れ込むと、俺はため息を吐いた。

あの亜衣姉が、あんな美人になって……。

いや、子供の頃から可愛かったと思うけどさ……。

って、それは大きな問題じゃないというか。

――考えるうち、俺は自らの記憶のなかへと深く潜っていく。

亜衣姉、面倒見がよくって……どんな悪ガキでも、困ってたら放ってはおかなかった。

いつも怒られたり、心配かけたりだったけど、そればかりでもなかった。

俺がたまにいいことをすると、いつだって頭を撫でてくれた。

あの頃、亜衣姉に怒られたり、褒められたりするのが嬉しくて、もっと構ってほしいとばかり考えていたな……。

今思えばあれは――初恋だった。

亜衣姉のことを考えると胸が苦しくなって、全身がむずむずして……。

ずっとずっと、亜衣姉のことばかり思い浮かべていた。

身体が少しずつ大人になって、女の身体ってものに興味が出てきて。

裸が見たいとか、エロいことがしたいとか、そういう欲求も持ち始めていたけれど。

考えて胸が苦しくなるのなんて、亜衣姉だけだった。

その亜衣姉が――。

「結婚……かぁ」

康介さん、と紹介された男性を思い出す。

すっごくいい人そうだった。

亜衣姉が結婚するくらいだし、実際いい人なんだろう。

さっきは結婚したと知って、胸がチクッとした。

でも、改めて考えればしょうがない。

六年経ってるし。

亜衣姉はあんなに綺麗になってたし。

「あれで結婚してないってほうがおかしーって」

……なんでこう、わざわざ口に出しちゃうんだ。

まるで自分に言い訳してるみたいだ。

数年ぶりにやってきた町で、数年ぶりに幼なじみのお姉さんと再会して。

それがめっちゃ綺麗になってた……と思ったら、結婚してた。

なんというか、情報が一気に押し寄せすぎたんだな。

「でも、ホントに美人になってたなぁ……」


――そんなこんなで、長年のブランクなど忘れ、俺と亜衣姉は家族同然のつきあいをするようになり――。

気づけば俺は、毎日のように夕食をごちそうになっていた――。

「あら、マサ。今帰り？」

「えっと、夕飯の買い物？」

大学の帰り、出くわした彼女は、スーパーの袋を抱えていた。

「そ。今日もウチに食べに来なよ、多めに食材買ってきたんだから♪」

「今日も……本当にいいの？」

「いいんだよ。っていうか、もう買い物済ませちゃったんだから。来ないって言われたらそっちのほうが悲しいってのぉ」

「じゃあ……それ、持つよ。後は帰るだけでしょ？　家の前まで」

亜衣姉が持っている袋に手を伸ばす。

「あら、それじゃあお言葉に甘えて」

亜衣姉は、嬉しそうに荷物を預けてくれた。

「結構重たいね、これ……いつもこんなの持って行き帰りしてるの？」

「今日は牛乳が入ってるから重いだけ。毎日こんなってわけじゃないよ」

他愛もない話をしながら、俺たちはマンションへと歩を進めたが――。

「あらッ、藤川さん！　こんにちはぁ」

少し歩いたところで、これも主婦らしき女性が、亜衣姉に声をかけた。

「あらぁ、今日はまた、若いお兄さんと！」

じろじろと、こっちを眺め回してくる。

「ああ。こちら、お隣に引っ越してきた稲本くんです。大学生で」

「どうも……！」

言葉につられて頭を下げる。

その主婦は亜衣姉のご近所さんで、なにかとつきあいがあるらしい。

「そうそう。今年は町内会のバザー、どうなりそうですか？」

亜衣姉の問いに、相手は大仰《おおぎょう》に頷いた。

「ああ！　今年は古参のメンバーでなんとかなりそうなのよ。去年は無理矢理お願いしちゃってごめんなさいね。」大変だったでしょ」

「いーえ、全然。いい勉強になりましたし、楽しかったですから」

へえ、バザーなんてやってるんだ……。

言われてみると昔、学校の体育館を借りてそんなのをやってたような記憶が蘇ってくる。

「いろいろと無理なお願いしちゃって……」

「気にしないでいいんですよ。アタシにできることならなんでも言ってくださいね」

亜衣姉はにっこり笑って、そのご近所さんと別れた。

「バザーの実行委員なんてやってたんだ」

ちょっと経って、俺は亜衣姉に尋ねる。

「うん、去年ね。ほらマサ覚えてない？　いつも六月くらいに、市役所近くの学校の体育館でやってたの」

「覚えてるけど……亜衣姉、町内会の役員だったの？」

「ううん、違うけど？」

「違うんかい！　じゃあなんで？」

「引っ越しで役員が減っちゃってねぇ～……アタシにお鉢が回ってきたの。ま、お願いされちゃったもんはしょうがないよね」

「こういう役員とかすごい面倒くさいんじゃないの？」

「そりゃあ大変だけど、みんなも困ってたし、そんな人からお願いされたら、無碍《むげ》にもできないでしょう」

そう言って笑う亜衣姉の顔を見て、ちょっと、ホンのちょっとだけ……悪戯心が湧いた。

「亜衣姉、今日のご飯なに？」

「ん？　麻婆春雨だけど」

「……俺、今猛烈に唐揚げ食べたい」

「はぁ、唐揚げ？」

「亜衣姉の唐揚げ食べてみたい。お願いしていい？　もう食べたくて食べたくてガマンできないくらいなんだっ！」

眉を寄せて懇願すると、亜衣姉はほんの少し上を向いて考えて――。

「むん……しょうがないね。マサ、この袋もってウチに行ってて。あ、これ鍵」

ぽんと鍵を渡される。

「挽き肉は冷蔵庫に入れといてねー」

そう言うと、亜衣姉はスタスタと、来た道を駆け戻っていった。

「…………え？」

その後ろ姿が見えなくなってから、俺は間抜けな声をもらした。

てっきり「じゃあ明日ね」なんて言われるかと思っていたのに。

今日作ってくれるとしても、もうちょっとなにか……こう……なにか、あるんじゃないか？

「こんなあっさり……？」

優しいな、亜衣姉……。

いや、優しいというかなんというか……。


「ただいまー。お肉買ってきたからね。これからタレに漬けて、おいしいの作ってあげるから！」

「え、いや……」

亜衣姉はニコニコ笑顔で鶏肉を袋から出して、腕まくりの仕草をする。

俺の心にまた、ホンの少し悪戯心が疼いた。

「あのさ、亜衣姉……これ、もも肉だよね？」

俺の言葉に、亜衣姉が振り返る。

「俺……むね肉で作った、ちょっとぱさ～っとしてる唐揚げが好きなんだよね～」

これはホントのこと。

もも肉も好きだけど、むね肉のいくらでも食べられる感じが好き。

「せっかくの亜衣姉の唐揚げだし、一番好きな形で食いたい！　お願い‼」

ぱんっ！

頭を下げて手をあわせる。

さすがに怒られるかな……頭にゲンコツ落ちてくるかもな。

――そんなことを考えながら顔を上げると。

「はぁ～……もう、仕方ないねぇ。それじゃ今から買ってくるから。ちょっとお肉漬けるの時間かかるから、ご飯遅くなっちゃうけど」

亜衣姉は、出しかけていたもも肉を冷蔵庫にしまっていく。

それからお財布を持って。

玄関にあったサンダルを引っかけて……。

バタン！

本当に、買い物に行ってしまった――。

「えええええぇぇぇえぇぇぇっ⁉」

いやいやいやいやいや‼

なんで⁉

自分でお願いしておきながら驚いてしまう。

こう、なんだ、半《なか》ばもう、お叱りやツッコミ待ちだったのに。

「そーいうことは先に言っておきなさいッ！」

なんて、得意のグーをかまされるのを……なんというか、期待していたというか……。

「なんで……こんな勝手なお願いしたのに」

なんか……なんかすごい申し訳ない……。

「ふう、ただいま。むね肉買ってきたからね。よっし、チャキチャキ作んないと。待ってなよ」

ごく普通の顔をして、亜衣姉は帰ってきた。

改めてむね肉をまな板に乗せて、包丁を取り出そうとしている。

「いや……なんで？」

「なんでって、なにがよ？」

亜衣姉がきょとんとする。

「いやさ！　だって……いきなり唐揚げ食いたいとか言われて、買ってきてもらって、それからもも肉じゃやだとか言われて……普通、買いに行く？」

「はぁ、なにアンタ。むね肉のが食べたいんでしょ？」

亜衣姉は不審げな目になった。

「いや、食べたいよ。食べたいけどさ……普通、今日はこれでガマンしなさい！　とか、ならない？」

「だって、マサにお願いされちゃったし」

しかし亜衣姉は、あっさりと言うのだ。

さっきもそんなことを言っていた。

そういえば、俺もさっき「お願い」って言ったな。

「お願いだとは、言ったけど……だからって」

「な～んかアタシ、昔っからお願いって言葉には弱いんだよねぇ」

そんなことを言いながら、亜衣姉は、手際よく鶏肉を刻み始めた。

「お願いしてくれた人は、困ってるわけじゃない？　アタシができることならしてあげたい～って思っちゃうんだよね」

肉とタレを揉みながら、彼女は言う。

「お願いを断って、悲しい思いをさせたくないっていうか……うぅん……まあとにかく、なんていうか。アタシ、強くお願いされると断れないのよねぇ」
苦笑混じりで、それでもてきぱきと調理を続ける。
「それにアタシだって、お願いしたら断られるよりOKされたほうが嬉しいし」
そうだ……。
さっきの町内会のバザーだけじゃない。
学生時代の集団登校のリーダーも、生徒会長も、周囲にお願いされてやっていた。
子供時代の記憶があれこれ浮かんでくる。

──亜衣姉ー！　お願いだよ、いっしょに隣んちに謝りに行ってぇ！
──まぁた悪さしたんだね！　しょうがないね、行ってあげる。ちゃんとごめんなさいするんだよ？

あのときも。

──亜衣姉、俺ジュース飲みたい！
──えぇー!?
──お願いお願い！　一生のお願い！

――あぁもう、しょうがないな……わかった、買ってあげる！

あのときも……。

あれ……俺って……亜衣姉になにか頼んで、断られたことって……ないんじゃないか？

揚げたての唐揚げを腹いっぱい食べ、部屋に帰り、俺はふと過去のことを思い出した。

「亜衣姉……」

思わず俺は、その名をつぶやく。

「はい？」

――と、亜衣姉が俺の顔を覗き込んできた！

「な……なんで亜衣姉がここにいるんだよっ⁉」

「んっふふ、いいじゃないの」

一度「おやすみ」なんて言ってお別れしたのに。

見れば亜衣姉は、部屋着のまま俺の部屋に上がり込んでいた。

「今日はコーさんもいなくて、なんか家が寂しいし。ちょっと晩酌につきあってよ」

そう言って亜衣姉は、持ってきたチューハイの缶をちらちら振ってみせた。

うわ、ただそれだけでおっぱいが揺れるのが見える。

普段着よりも露出が高いし、胸の谷間や、肉づきのいい太股が丸見えだ。

亜衣姉、無防備すぎじゃないか？

無防備っていうか……俺のこと、本当に子供だと思ってるのか。

「そんなカッコで男の部屋に来るもんじゃないよ、亜衣姉……」

ちょっと胸を疼かせながらつぶやく。

「あっはは、誰が男だっての。生意気言ってないで、ちょっとは部屋片づけときな。こんなんじゃ女のコ呼んでも逃げられるよ」

うん……完全に相手にされてない……。


「あーあ、お酒なんて久しぶりに飲んだなぁ」

なんやかやで部屋に居座り、亜衣姉は持参したビールをすっかり空けてしまった。

頬がちょっと赤く、瞳も潤んでいた。

「普段、康介さんと晩酌とかしないの？」

「コーさん、そんなにお酒好きじゃないんだよねぇ。ま、アタシもあんま飲むほうじゃないけど……たまにはいいかな～と思ってさ」

と、俺は慌てて目を逸らす。

亜衣姉の服の肩紐が、ゆるっと脱げかけていたのだ。

しかし亜衣姉は、気づきもしない。

「アンタ、まさか飲酒してないわよねー？　大学で悪い友だち作ったりしてさ」

「し、してないよ。悪さはしない」

「悪さはもちろん、あんまり遊んでばっかでもダメだかんね～？　麻雀なんかもハマると大変よ？　それで単位落とした人がどんだけいるか」

「勉強してますって」

どうやら亜衣姉は、少し酔っているらしく、いつもより間延びした声色で絡んでくる。

「特に女遊びなんか覚えちゃうとよくないかんね。マサってば妙に清純だからさ、変なのにすーぐ引っかかっちゃいそう」

ご機嫌で俺の頭をポンポンと叩いてくるのだからたまらない。

「ま～～、マサはまだまだ子供ってこと。ゆっくり、そんでちゃんと大人になりたまえよ」

「む……」

ちょっとムッとした。

ほろ酔いの口調もあわさって、からかわれている気分になってしまう。

「子供じゃないっつの。もう大人だよ。大人の男だって、俺は」

「アハハハ！　マサが大人の男ってねぇ～？　どーせまだキスもしたことないんでしょ？」

「う……っ！」

痛いところを突かれた。

確かにないさ……キスどころか手ぇ繋いだことも……女子の手に触った最後の記憶、キッズの頃の体育祭のフォークダンスだもんな。

キスなんて今の俺には、夢のまた夢。

ふと、亜衣姉の顔を見つめる。

うっすら赤らむ頬と鼻筋の下に、形のいい唇があった。

こういう……唇に……ブチュッと吸いつくことができたら……。

――ドクン……っ！

胸が脈打つ。

俺は自分の衝動に気づいた。

亜衣姉と……キス、してみたい……。

思いっきり唇を重ねて。

亜衣姉と舌と舌を触れあわせて……それから、それから……舌を噛んだり、唾を交換したり……!!

AVで見たような、濃厚なキスがしたい。

亜衣姉の唇から目が離せない。

「んん～？　どうしたのさ、黙っちゃって」

一瞬、頭の中が空っぽになった。

「亜衣姉と、キスしたい」

なにも入っていない頭の中から、ポロッと、純粋な欲望の言葉が、零れ出た。

「…………へ？」

亜衣姉はぽかんと口を開ける。

い、言っちゃった……。

なにも考えず口にして……本当に、自分がたまらなく亜衣姉とキスしたがっていることを自覚する。

目の前の……このたまらなく魅力的なメスと、キスをしたい。

したくてしたくてたまらない。

「あ、ああアンタ、今なんて」

「い、いやその、いや、あの、なんか」

テンパッている。

亜衣姉だけじゃない、俺も。

でも。


――な～んかアタシ、昔っからお願いって言葉には弱いんだよねぇ。

夕飯のときの、亜衣姉の言葉を思い出す。

そうだ、お願い。

お願いすれば……!!

もし断られたら……俺も酒をコソッと飲んでて、酔っぱらったことにすればいい!!

さっきのことはなんかの間違いだったから、って。

きっと亜衣姉ならそれでわかってくれる。

だから……ここは強く押すべきだ!

「お願いだよ亜衣姉。俺、亜衣姉とキスしたい」

「な、なに言ってるのよ!?」

妙な度胸が据わってしまった俺と違って、亜衣姉は慌て続けている。

「なんでアタシと……き、キスしたいだなんて!」

「だって俺亜衣姉が好きだもん! ずっと好きだったし! キスしたいと思ってた! お願いだよ亜衣姉! ファーストキスは亜衣姉がいいんだっ!!」

「え、え……っ、えええ……っ!」

亜衣姉の顔に困惑の色が広がる。

「そ、そんなの……ダメだよ……いや、ダメっていうか……あ、アタシ、人妻だし。そんなのは……」

……あれ？

「亜衣姉……」

「ダメ……だよ……あ、アタシも変なこと言って、悪かったけど……その、マサ……ダメ……」

これ、もうちょっとお願いしたらいけそうじゃない？

「お願い、亜衣姉っ！」

ぱんっ！

手をあわせる。

「亜衣姉とキスしたい！　俺、亜衣姉の言うとおりキスしたことないんだ。童貞なんだよ！　初めてのキスは亜衣姉がいいっ」

「ええ……っ、ええぇぇえ……っ、そ、そんな……そんなの……うぅう……っ」

亜衣姉がただ、困り果てて唸り声を上げる。

「お願いだよ、亜衣姉！　こんなこと亜衣姉にしか……っていうか、亜衣姉じゃないと叶えられないことだよ！　頼むよ亜衣姉！」

「た、頼むって……うう……!?　でも……でもそんな、アンタッ」

「お願いだよ、亜衣姉とキスさせて！　初恋の人と、亜衣姉とファーストキスしたいんだよ……！　頼むよっ！　亜衣姉、俺のお願い……叶えてよ！」

「う……でも、マサは……あ、アタシの、弟みたいなもんだし……」

真っ赤になった亜衣姉の顔が。

「お願いお願い！」

だんだんと……困りながらも。

「お願いお願いっっ！　ホントに一生のお願いだよ！」

困りながらも……少しずつ、解けていって。

「う、うぅう……そ、そんなにマサにお願いされたら……断れるわけ……ないじゃん……」

…………折れた!!

心のなかでガッツポーズを取る。

「じゃあ亜衣姉！」

「ううぅぅ……っ！　しょうがないねえ……っ、い、一回だけ、だから……ね？」

信じられないことが起きてる。

でもそのことに驚いている余裕はない。

俺はもう、いてても立ってもいられなくて——。

ちゅッ。

触れた。

亜衣姉の唇に……俺の唇で。

温かい。

柔らかい。

そんな感触の実感は、まるでカクカクと……処理が遅れたコンピューターみたいにゆっくりやってきた。

キスしちゃってるんだ、亜衣姉と。

俺……亜衣姉とファーストキスしてる……!!

子供の頃から側にいた人と。

いつも俺を叱って、子供扱いして……でも優しくて、いつでも願いを叶えてくれた……亜衣姉と。

再会した亜衣姉はもう結婚していて、手が届かない存在になってしまったと思っていた。

なのに……今こうして唇を触れあわせてる。

人妻になってしまった――初恋の女性と。

き、気持ちいい……っ！　も、もっと……！

触れあわせるだけでは物足りない。

がっちり組みあった唇を、貪るように蠢かす。

と、亜衣姉が、逃げるように頭を動かして……。

「んは……っ！」

俺と亜衣姉の唇は離れた。

「ちょ、ちょっとマサ……んぐぅっ、はぁ、こ、こんな……いきなり……」

「はぁ……だ、だって……！」

互いに吐息混じりの声を上げる。

「し、しかもこんなに激しいの……！　ダメよ……はぁ、はっ、はぁあ……っ！」

驚いた顔。

それを見ていると……もう一度触れたいという欲求が込み上げてくる。

またキスしたい。

もっともっと、濃密にむしゃぶりつきたい。

「お願い亜衣姉、もう一回……もう一回キスさせて」

「ええっ⁉　ちょ、一回だけって言……っ、んっ！」

亜衣姉の言葉を遮って、再び唇を奪う。

温かなゼリーみたいな感触が、またやってくる。

今度は、さっきよりも触覚に意識が行った。

亜衣姉の唇の気持ちよさ。

密着した身体から伝わってくる温度、鼓動。

お――俺、本当に、亜衣姉と……。

込み上げてくるものがある。

それがなんなのか、ちゃんと理解できない。

ただ大きな質量を持った……多分、感情と欲望の束みたいなものが胸の中に噴き上がり、それが一気に股間へと流れ込んでいた。

た、たまんない……っ！　亜衣姉、好き……っ、好きだっ！

身体を密着させているせいで、亜衣姉は俺の変化にすぐ気がついたようだった。

すっげ……こんなに硬くなるもんなのかな……。

自分でも、そんな感慨を抱いてしまうほどに、俺のモノは頑《かたく》なだ。

「ら、らめ……んぐっ、はあぁあぁあっ！」

亜衣姉がまた、俺の唇を振り解く。

俺が甘い感触を取り上げられたことを名残惜しく思う間にも。

「ちょ、ちょっと……！　アタシ、帰る……っ！　ごめんマサ……っ‼」

「あ……っ！」

今度は、再び迫る猶予《ゆうよ》もなかった。

亜衣姉は俺の腕からするりと抜けて、慌てた様子で玄関に走った。

「ほんと、ごめん……っ‼」

彼女はそのまま、俺の部屋から、出て行ってしまった。

俺はそれを、追いかけることはできない。
アホみたいに立ち尽くしていた。
なのに――。
「う……わ」
喜びが、すごい速度で全身に拡散していく。
俺は……ついさっき、亜衣姉とキスしたんだ。
「う……わ、うわ、うわ……っ!!」
むずむずする。
「うわあああっ」
バフッ!!
俺はベッドへと倒れ込んだ。
と……とんでもないこと……しちゃった……!
亜衣姉にキスするなんて。
後先考えなさすぎたのではないか。
でも嬉しい。
この喜びはごまかせない。
それに、これはある意味、いいイベントだったというか。

もう……よくない？　これで……。

人妻になってしまった亜衣姉と、キスできた。

もうこれで充分。

俺はこの経験を美しい思い出として抱いて。

初恋を成仏させて。

後はもう、まっさらな気持ちで生きていく……。

だって亜衣姉は結婚しているし。

困らせたいってわけじゃない。

いや。

いやいやいや。

まだ、足りないと。

諦められないと。

心が急に貪欲になりだす。

恋慕と……後は単純な肉欲が。

さっきの柔らかかった唇や、あのむちむちした身体にもっと触れたいと訴えかけてくる。

キスの続きがしたい。

もっと先のことがしたい。

亜衣姉を俺の……俺に……俺で……。

「あああああっ」

もうわからん。

さっぱりわからん。

この欲望をどうすればいいのか。

こんなに悩んだことあったっけ……ってくらい、あれこれぐちゃぐちゃと悩むうち、気づけば……窓の外が、すっかり明るくなっていた。

「……徹夜したのか、俺」

亜衣姉のこと考えて。

いや……でも。

それだけ考えただけあって……腹は決めた。

気持ちが固まった。

決心が……ついた。

俺はその日、昼からの講義をサボることにした。

なにせ人生の一大事だ、学校が一日二日犠牲になるのは仕方ない。

こんな状態じゃ、行っても仕方ないしな。

お日様が真上にまで昇るのを待って、俺はスマホを取り出すと、少し緊張に汗ばむ指で、画面をタップしメッセージを打ち込む。

——亜衣姉、昨日はごめん。どうしても話したいことがあるんだけど、今日、部屋に来てくれる?

スマホをしまう間もなく、既読マークがつき、そして。

——いいよ。いつ頃行けばいいの?

予想どおり、そっけない文だけど、亜衣姉は応対してくれた。

——今すぐにでも!

そう返事をすると、またすぐ既読マーク。

そうして、五分ほどして……。

——わかった、ちょっと待ってて。

胸が高鳴る。
落ち着け……落ち着け。
まだ慌てちゃダメだ。
自分に言い聞かせるものの、そわそわするのは止められない。
がちゃ。
ほとんど衝動的にドアを開き、廊下で待とうとすると。
「あっ、マサ……」
ちょうどドアを開けた亜衣姉と出くわした。
「話って……なに？」
いつもの快活な亜衣姉じゃない。
その表情からは、気まずさが読み取れる。
俺……亜衣姉と……この人と、昨日キスしたんだ。
しかし俺のほうは、顔を見ただけで亜衣姉への気持ちが胸に込み上げてくる。
「ま……まぁ、立ち話もなんだし、入ってよ」
玄関ドアの開け放たれた、自分の部屋を指し示す。
亜衣姉は黙って、言われるがままに中に入っていった。

その華奢な背中と大きなお尻を眺めながら、俺は胸の奥で燃える情欲を必死で抑えていた――。

「あ、あのさ。話の前に……昨日のことなんだけど」

亜衣姉は、困ったように笑った。

「まあなんていうか……アタシは気にしてないから。だから、マサも忘れなね」

それはつまり、俺と亜衣姉が、キスしたってこと。

「マサも男の子だし、たまたまね、そういう気分になっちゃったんだよね。アタシも無神経だったな〜って、反省しちゃってさ」

亜衣姉は、無理に笑っている。

「昨日のことは、忘れよ？　ちゃんと彼女作りな。そいでさ、その子をちゃんと――」

ぎゅッ。

柔らかそうな身体を背後から抱きしめて、俺は亜衣姉の言葉を、意図的に遮った。

いや……柔らかそう、じゃない。亜衣姉の身体は、実際柔らかかった。

柔らかで、温かで、ほんのりいい香りがする。

「ちょ、ちょっとマサ……いきなり、どうしたの……っ！」

「亜衣姉……」

ぎゅっと、腕に込める力を強める。

「待って……う……あ、あはは！　ちょっと待って、落ち着きなって……ね？」

震える声に、俺の本能が昂《たか》ぶり出す。

この魅力的なメスを思うがまま貪りたいと。

いろんな倫理感とか常識と吹き飛ばすくらいに。

「ま……マサ！　その、あ、アタシ……」

「亜衣姉、好きだ」

――ドクン。

その瞬間、亜衣姉の心臓が大きく動いたのがわかった。

その鼓動が……全身に伝わっていく。

「……き、昨日も言ったけど」

唇が開き、か細い声がもれる。

いつもの気《き》っ風《ぷ》のいい姉ちゃんじゃない。

今、腕の中にいるのは、か弱い女の人なんだ。

柔らかくて、よい匂いのする女の人だ。

「アタシ、人妻だから……もう、結婚してるんだよ……わかってる……よね？」

「わかってる」

「な、ならどうして」

「だって亜衣姉が好きだから」

俺の力強い言葉に、亜衣姉の鼓動がまた響いた。

「あ……あ、あのさ……もっと、他にいい子がいるよ……マサと同い年の女の子、学校にたくさんいんでしょ?」

「他の女なんて、関係ないよ。俺は亜衣姉がいい」

「なに言ってんのさ……」

「好きだ、亜衣姉！　ずっとずっと好きだった！」

言えば言うほど、亜衣姉の震えは大きくなる。

連動するように、俺の想いも強くなっていく。

「亜衣姉とHしたい……お願い、させて」

「え……えぇ!?　いやちょ、そ、そんなの……」

「大好きな亜衣姉と……セックスしたいんだっ!!」

「そんなの……！　いくらマサのお願いでも……聞けるわけない……よ……ッッ!!」

さすがに亜衣姉は大きくかぶりを振った。

「お願いっ」

俺は強く強く、亜衣姉の身体を抱きしめる。

「あ、あぁ……っ！　ちょ、マサ、待っ、いや、あぁぁぁ……！」

亜衣姉の大きな胸に、手を食い込ませた。

柔らかい手が、指が、どこまでもめり込んでいく。

ああもう、たまらない。

「や、やめなマサ！　ダメ……手、放すんだよ……！」

「やだ……！　亜衣姉のこと、本気で好きなんだ。亜衣姉とHしたい……セックスしたいんだよ。お願いだよ、亜衣姉っっ」

もう後へは引けない。

「だ、ダメっ、放しなマサ……！　冗談じゃ済まないんだよっ」

「冗談のつもりなんかないよっ」

亜衣姉のおっぱいはどこまでも柔らかい。

なのに強く掴むと、手に反発する弾力があった。

「亜衣姉の胸、最高……超エロい……！」

「マサ……お、怒るよ！　ホントに……っ、んぁ……っ！」

指をばらばらに動かすと、あっちがへこみ、こっちが膨らみと形を変えていく。

「……ちょっと！　マサッッ!!」

亜衣姉が、震える喉をそれでも張り上げた。

「い……今だったら、まだ許してあげる。忘れるから……だから、もうやめなッ、こんなこと……！」

腕の中の女性が、本気で俺を止めようとしているのがわかる。

でも俺は——それでも亜衣姉としたいと思った。

「亜衣姉のおっぱい……ずっと触りたかったんだ。子供の頃からでっかかったもんね」

そんな言葉とともに耳元に息を吹きかけると、亜衣姉の肌が粟立っていく。

「亜衣姉……昨日あんなことあったのに、俺の部屋に来てくれたんだよね」

「え……だってそれは、話があるって……」

「だからって……無防備すぎない？」

「ま、まさかアンタ、最初っからこのつもりで……!? そ、そこは、ダメぇ……っ！」

勢いに任せて、亜衣姉の下着に手を突っ込んだ。

そこは熱くて、そして……湿っていた。

くちゅ……っ、くちゅっ、くちゅぅぅぅ……っ！

指を微かに動かすと、絡みついてきた熱い液体が音を立てた。

亜衣姉……濡れてる……。

「あ……んぁ、はぁ……っ！　ダメ、マサ……手、どけて……ダメ……だから……んんっ！」

しかし、そんな言葉と身体の反応は違う。

いや、実際、股間に突っ込んだ手を動かせば動かすほど、亜衣姉の抵抗は弱くなっていった。

身体を色っぽく震わせて、吐く息はどんどん湿って。

「ま……マサぁ……イヤだよ……こんなの、変だってば……あぁ……ふぁ……！」

「亜衣姉、オマンコ濡れてるよ」

「やっやだ、アンタなんてこと……っ！　お、怒るよっ、ホントに……っ！」

「亜衣姉もHしたいんだよね……？　こんなにオマンコ、濡れてるもんね」

言葉で追いつめながら、指をなおも動かす。

ちゅく……っ、ちゅく……っ！　ぬぐぢゅぶ、くちゅ……！

「ひっ、そ、そこ……んぁっ、いじっちゃ……あぁ、いや、ダメだよマサぁっ」

と、割れ目の上のほうにある突起が指へと引っかかった。

そこをいじると、亜衣姉は腰をくねくねさせた。

「い、い……やあぁぁあぁあんっ！」

イヤだとか、ダメだとか、そういう言葉が亜衣姉から零れそうになるたび、クリトリスを強く押しつぶす。

「お願いだよ、亜衣姉……一生のお願い」

「そ……んな、の……聞けるわけ……んんんん〜〜〜〜っ!!」

「好きだ、亜衣姉……ずっと好きだった！　もうガマンできないんだ、お願いっ‼」

亜衣姉の身体が、震える。

「頼むよ……お願い」

「……わ、わかった……もう、わかったから……」

ぶるん、といっそう大きく震えてから。

「…………する、から ぁ……」

零れ落ちるみたいに。

「する、マサと……するからっ」

ものすごく弱気……というか。

自分の弱さをアピールするかのような……そんな、悲鳴みたいな声が、彼女の唇から溢れ出た。

「そんなに一生懸命お願いされたらぁ、断れない……断れないのぉ……っ♥」

あの……亜衣姉が……俺の腕の中で、女の人になった。

数分後。

俺の眼前には、一糸まとわぬ亜衣姉の姿があった。

——裸を見せてほしい。

俺のそんなお願いを、亜衣姉は叶えてくれた。

「う……うぅぅ……っ、そんなじろじろ見ないでよ」

「す……っげ、大人の女の人の裸って、こんななんだ」

「くぅ……！　見ないでったら！」

なんというか……圧巻だった。

女の人の——亜衣姉の裸が、目の前にある。

その事実に圧倒されて……。

女の人の裸って……こんなに綺麗で……こんなにいやらしいんだ……！

ピンク色が透ける白い肌、ぷりんと膨れたふたつの乳房、柔らかそうなお腹。

それから……それから……！

「み、見るなったら！　っていうか、アタシだけ裸なんて恥ずかしい！　マサも脱ぎな！」

「え、あ……っ、そ、そっか。そうだよね」

これからセックスするんだもんな、亜衣姉だけ裸になってもしょうがない。

俺は慌てて自分の服に手をかけた。

しかし脱ぐ間にも、俺の中では心臓の鼓動が響いていた。

亜衣姉と……これから本当に……！

緊張で汗ばんだTシャツを脱ぎ、ズボンとパンツをまとめてずり降ろす。

と、脱ぎ捨てた瞬間、隠すものを失ったペニスが大きく跳ね、俺の腹を叩いた。

ちょっと……恥ずかしいな……そう思って亜衣姉をちらりと盗み見ると、彼女は驚いた表情で俺の股間を凝視していた。

「は……っ！　あ、アハハ！　すっごいじゃないの！　ガチガチだねマサったら！　や、やっぱ、若い子は違うわねぇっ！　あ、あはは、はは……」

照れを隠して、おどけるように笑う。

「ほ、ホントに……すごい……こんなに、おっきいなんて……んぐ……っ！」

いや、おどけるふりをしつつも、亜衣姉の視線は、俺の股間から離れない。

じっと見つめたまま、細い喉が上下に動くのが見えた。

ちょっと、誇らしい気持ちになってくる。

「……亜衣姉っ！」

股間への視線を受けて、俺の興奮はさらに増していく。

亜衣姉の肩を掴んで、間近で見つめると、彼女は少しためらってから、俺と目をあわせてくれた。

「マサ……ほ、ホントにアタシとHしたいの……？」

「もちろんっ」

俺に迷いはなかった。

「……亜衣姉のこと、ずっと好きだったんだ。引っ越してからも、ずっと忘れられなかった！　また会えて……もっと好きになっちゃって……だから、こうやってお願い聞いてもらえて嬉しいよ」

「マサ……」

亜衣姉の瞳が揺れる。

嬉しいんだ、俺に好きって言われて……。

どうしてか、そんなことがはっきりわかった。

「でも、アタシ、コーさん……康介さんの奥さんで……康介さんのこと、愛してるの……」

ちくりと、胸に罪悪感が差し込んでくる。

亜衣姉の、優しくて穏やかな旦那さん。

あの人を思うと、俺は今、とんでもないことをしようとしているのだと実感する。

でも……抑えられない。

俺はどうしようもなく、亜衣姉が欲しかった。

「それでも俺、亜衣姉としたい！　亜衣姉が欲しい……！」

瞳のゆらゆらが、大波みたいに強くなった。

かと思ったらそれは急にやんで——。

「……絶対秘密にするって、約束できる？　バレたら、おしまいなんだから」

「もちろん！　誰にも言わないし、秘密にする」

「マサ、ホントにわかってんでしょうね……っ」

「わかってる。亜衣姉に言われてんだから」

「アンタそうやって言って、わかってたためしないじゃないっ」

こんなときでも亜衣姉は、俺を子供扱いしてくる。

「俺、もう大人だもん。昔とは違うよ」

俺の言葉に、亜衣姉は意表を突かれたみたいになった。

その顔はゆっくり、穏やかに緩んでいって——。

「……わかった。マサのお願い、叶えてあげる」

俺の顎に、亜衣姉の手が触れた。

そのまま顔をたぐり寄せられて……再び、唇と唇が触れあう。

亜衣姉から唇を寄せて。

ちゅっ、ちゅるぅ……っ！

脳が痺れる。

唇も、舌も吐息もなにもかも、昨日よりずっと、鮮明に熱かった。

性急に舌を差し込んでも、それを許すかのように受け容れてくれる。

これが……大人……ってこと……？

舌同士の接触を、自分から仕掛けたはずなのに、気づけば俺のほうが翻弄されそうになっている。

ねろねろと柔らかい感触に溺れて、蕩けて、されるがままになりそうで、慌てて我に返る。

「んっ、ん……っ、んふうぅ……っ!」

亜衣姉の優しい動きを圧倒するように、舌に力を入れて強く蠢かせる。

いける……いける、亜衣姉、エロい顔になってるっ!

薄目で盗み見た表情は、今までで一番官能的だった。

俺の舌の動きに、亜衣姉が感じている。

その事実が、どうしようもなく俺をたぎらせる。

もっともっとと、欲深くさせる。

「……っ、ぷはぁっ」

と、いったん唇と唇が離れた。

「あぁ……♥ も、もう、マサ……あんなに舌、うろうろさせちゃダメだよ……」

「なんで……?」

「なんでって……んぅ……びっくりするでしょ」

「……感じてたくせに」

「え……」

「本当はエロいキスがしたいんだ」

「こっ、こら、なに言ってんの……っ！」

怒ってみせるが、少しも怖くない。

「もっとエロい感じにできるよね……？　亜衣姉……舌、べろって出して」

「そんなみっともないの……！」

真っ赤になる亜衣姉に、俺はまた、下手に出る。

「お願い」

「お、お願いって……っ、しょ、しょうがないね……っ」

亜衣姉の唇かられろりと、蠱惑的《こわくてき》な蛇のように、真っ赤な舌が姿を見せた。

「エッロ……すげぇ、亜衣姉超エロっ！　そのまま動かして！　レロレロって！」

と、亜衣姉は照れながら、恥じらうような喘ぎをもらしながら、舌をひらひらさせる。

亜衣姉自身、自らの行為に興奮しているみたいだ。

「あ──亜衣姉ッ」

俺は思わず、突き出された舌に、自分のそれをくっつけた。

舌と舌との睦みあいに、夢中でのめり込んでいく。

頭が沸き立ち、理性が薄らいでいく。

亜衣姉の舌が信じられないほど卑猥に動き、がっつくように、俺の舌と絡みあう。

唾液の味が伝わってくる。

舌と舌だけが触れあう淫猥なキスが、俺と亜衣姉を、興奮の坩堝《るつぼ》に陥れる。

俺の唾液を亜衣姉の舌に、亜衣姉の唾液を俺の舌に、お互いに塗り込めて、交換しあう。

俺も亜衣姉もケダモノみたいな息をもらしながら、互いを求めあった。

キスを止めるのは、メチャクチャ名残惜しかった。

でも……。

「んは……っ、亜衣姉……！」

「はぁぁ……っ！　マサと……エッチなキス、しちゃった……♥」

お互い満足げなため息を吐くが、それでも俺は、キスのその先を求めていた。

「亜衣姉……いい？」

「……これでダメなんて言ったら、アタシ、たいしたタマだと思うよ……」

ちょっと苦笑混じりに、亜衣姉は小さく頷いた。

——そして亜衣姉はその肢体をベッドの上に横たえ、全てを俺へと晒した。

「うお……っ、おっ、おぉおおお……!!」

俺は思わず、感激の叫びを上げる。

初めて生で見る、女のそこ。

亜衣姉のふくふくした腹、ぷっくりしたまん肉の下に、それがある。

「すげえ……っ、オマンコ、すげぇぇえ……!!」

「ばっバカ、大声出すんじゃないよぉ……！　アタシ、恥ずかしいんだからね……っ！」

さすがに亜衣姉も、いつもの調子で俺を叱った。

しかし俺の耳に、それは届いていない。

俺はただ……目の前のエロい粘膜に、圧倒されるだけの存在だった。

「すげぇ、女の人ってこんなにエロいもの隠してるんだ」

「あっ、アンタなにとんでもないこと言ってるの……っ、隠してるわけじゃ……っ」

「隠してたんじゃん！　しかも……亜衣姉のオマンコ、もう濡れてる……！　ぐっちゃぐちゃだよ」

俺の口からは、十何年前のやんちゃ小僧だった頃のような言葉がもれる。

「そ、それは……だって、ま、マサがあんなキスするから……ッ！」

恥ずかしがっている。

顔を手で覆って……あの亜衣姉が。

そのしおらしい仕草が、さらに俺の興奮を煽った。

「はあ……っ！　じゃ、じゃあ舐めるから!!」

「えっ!?　舐めるって……ま、マサッ！　ちょ、ダメ、いや、いやぁ～～っ！」

暴れる亜衣姉を押さえつけ、俺は頭を彼女の股間へと埋めた。

興奮で震える俺の舌が、亜衣姉のオマンコに、初めて触れた。

ぢゅぷっ。

しょっぱい……熟成された、芳醇なチーズのような。

同時にいやらしさと汚濁の、中間にあるみたいな。

そんな複雑な味と匂いが襲いかかってくる。

俺はなおも唇と秘唇とを重ね、舌を挿し入れ、愛撫し、吸い立てる。

「強いぃぃいぃっ！　ま、マサッ、強い……っ！　そんな、べろべろ舐めないでぇぇ～ッ♥」

「無理、無理、こんなん、舐めないなんて無理！」

さっき、指で触れたところ――頂点で尖っているクリトリスを口に含み、吸い上げる。

「あんっ、あっ、あぁあぁあぁあぁん……っ♥」

亜衣姉の全身が震え上がった。

ここが弱いらしい……となると、責めない手はない。

思いっきり吸い上げると皮が向けて、なにかの種のような形の肉粒が露わになった。

今度はそれを舌先で転がして……。

「あッあッあぁあぁあぁ～～ッ！　いやぁっ、転がしちゃ……いやぁあぁっ♥」

上げられる淫らな声に、ただでさえ張りつめていた股間に、さらに血液が注がれていく。

俺が舐めれば舐めるほど、亜衣姉は感じてくれる。

それがたまらなく嬉しかった。

そしてさらに、この穴にペニスを突っ込んだら……！

クリトリスと尿道の下でヒクつく穴を見ていると、そんな思いが浮かび上がってくる。

そうすれば、亜衣姉をもっと俺のものにできるという確信が浮かぶ。

口の周りを涎と愛液でべとべとにさせながら、俺は請《こ》うた。

「入れたい、入れたい……いいよね⁉」

「待ってマサ……！　ご、ゴムは⁉」

ガチガチに勃起したペニスを、いよいよあてがおうとすると。

「あっ、そ、そっか。わかった……！」

俺は部屋の隅に転がしていたカバンの中から、財布を取り出す。

大学に入ったときから、お守りのように財布に入れていたコンドーム。

いつか使うんじゃないか、これがあれば大丈夫……そんなふうに思っていたものを、まさか亜衣姉と使うなんてな……！

「よ……し、それじゃあ……！」

コンドームをつけたペニスを、再び亜衣姉の秘唇にあてがう。

いや……その前に。

「亜衣姉……その、お願いっ」

俺は亜衣姉へと頭を下げた。

「うぇ？　お、お願いって……？」

「これから……俺とセックスするって、ちゃんと言って……宣言して！」

「あ、アンタぁ、そんなことさせたいの……っ」

呆れ声を上げる亜衣姉だが、俺は引かない。

「お願いっ！　だってせっかく亜衣姉とセックスするんだから！　最高のコンディションで入れたいっていうか、気分を盛り上げたい……！　お願いだよ！」

「う、ううぅ～～っ」

恥ずかしそうな声を上げる亜衣姉。

「ほら、ほら……！」

そんな彼女をせかすように、ペニスの先端を秘唇に触れあわせる。

「あ、あぁ……しちゃう……しちゃうっ！　こ、これから……マサと……セックスするぅうぅぅっ！」

そんな言葉が、亜衣姉の唇から溢れた。

「年下の幼なじみと……大学生の男の子と……せ、セックスしちゃいますぅうッ♥」

その瞬間、ペニスに電撃が疾《はし》る。

亜衣姉の宣言は、それだけの迫力と衝撃を持っていた。

俺の頭は一瞬真っ白になって――。

ぢゅぷぅうッ。

俺はその頑ななモノを、一気に奥まで突き入れた。

さらに次の瞬間、亜衣姉から与えられた快感が、二手に分かれる。

ひとつは足のつま先まで広がって筋肉を強張らせた。

もうひとつは「俺、亜衣姉とセックスしちゃったんだ……！」という、脳を疾《はし》り抜けた感慨。

ずっと……ずっと、亜衣姉のことが好きだった。

世話焼きで、おっかなくて、だけど優しい亜衣姉が。

もう会えないのかなぁ、なんて思いながら町を離れて。

そして運命みたいに再会したら……すごく綺麗な人になっていた。

そんな亜衣姉と、今こうして繋がっている。

「亜衣姉……っ、亜衣姉っ！」

「あっ、はっ、あは……っ、ま、マサの……奥まで、入ってるよおォ～～～っ‼」

その上亜衣姉の膣穴は、最高に気持ちよかった。

湿った柔らかさが、俺の頑ななモノを締めつける。

「さ、最高……動くよ、亜衣姉っ‼」

「ま……ッ、待ってマサぁっ！　今動かれたらアタシぃ……っ」

そんな哀願を一蹴し、俺は抽挿を開始した。

「おぉッ、おっきいいぃい～～～っ！　あッアソコが潰れちゃううぅ～～～っ‼」

ひと突きごとに、亜衣姉の身体がわななき、口から喘ぎがもれる。

「大きい⁉　俺のチンポ大きい⁉」

「おぉおぉッ♥　大きひぃいいぃいッ♥　大きいよぉッ、マサのオチンチン……っ♥」

そんな淫らな声に、むくむくと大きくなる――股間と同時に、支配欲が。

「あっはあぁあぁッ♥　もッもっと大きくなったぁあぁあッ♥」

悦びの声とともに、亜衣姉のアソコが俺のモノを奥へと引き込んでいく。

「はぁっ、亜衣姉……っ、オマンコすっごい動いたよ……！　気持ちいいんだね⁉」

ひたすらペニスを前後させる。

ただそれだけの動きなのに、亜衣姉は狂ったかと思うくらいに跳ね回った。

まだ、まだ本気で動いてもいないのに……！

なのに亜衣姉は、今まで見たどんなAVよりも激しく感じているようだった。

「亜衣姉……すっごい感じてるね……！　超スケベ……超エロいよっ」

「んっぐぅっ、ひっ、だ、だって……だって……ひ、久しぶりなんだもんッ！」

泣き声に紛れ、想像もしなかった本音がもれる。

「こんなに若くて大きいオチンチンでズコズコされてぇ……っ、せ、セックスも久しぶりなのにぃッ♥　身体が勝手に悦んじゃうんだよぉッ♥」

一瞬、あの優しい顔の旦那さんが脳裏をちらついた。

「ど……どれくらい久しぶりなの……？」

問いつつ、頭の片隅で計算してしまう。

亜衣姉のなかに、入り込む隙がある……!!

「康介さんと、どれくらいセックスしてないの⁉」

「そッ、そんなの言えるわけな……っ、あひぃッ!!」

ぬぢゅ……っ、ぬぢゅっ、ぬぢゅぐぢゅぅぅぅっっ!!

「お願い亜衣姉！　教えてッ!!」

腰を前後させながら、魔法の言葉を突きつける。

「教えて！　お願い、このオマンコに、何ヶ月ペニス入れてなかったの!?」

「うぁッ♥　あっ、あっ、あ……さん……げ……っ!!」

「うん……!?」

「さ——さ、三ヶ月ッ!!　もう、そのくらいしてない……っ♥」

このメチャクチャエロくて、いやらしい身体を見て、康介さんはなにも感じない？

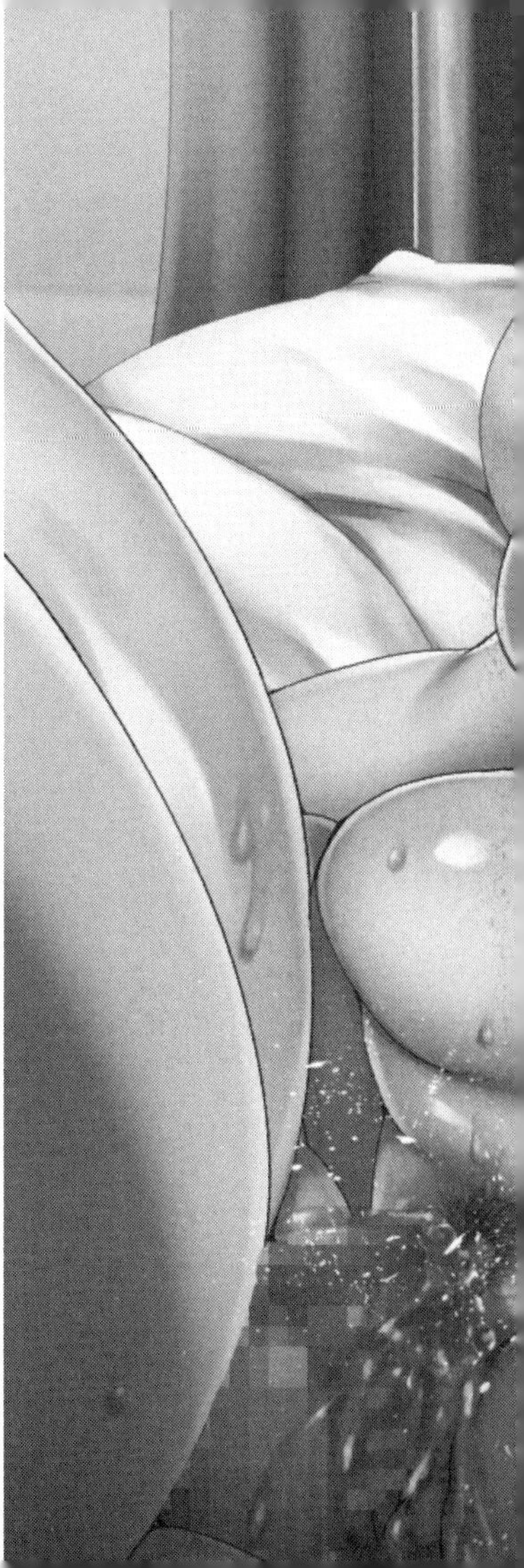

「じゃあ……じゃあ俺が満足させてあげるよ！　亜衣姉の欲求不満のドスケベ人妻マンコ、俺のペニスで満足させる‼」

「こ、こらぁ……っ、女の人に向かって、そんなこと言うんじゃ……あぁぁあぁッッ‼」

言葉の途中でそれは愉悦の声に紛れ、途切れてしまう。

一瞬、いつもの世話焼き姉さんに戻りかけた亜衣姉の肉穴を、俺はリズミカルに突いた。

その動きにあわせ、亜衣姉の口からもテンポのいい喘ぎ声が零れた。

俺はちょっと悪戯心を起こして、ペニスをゆっくり引き抜いた。

それは、まるで亜衣姉の粘膜を釣るみたいに——それから。

ぐぶぬぢゅっぅうぅぅうぅッッ‼

一気に根本まで突き入れる。

「マサあぁあぁっ！　お願いぃっ！　いやっ、それイヤ、奥うぅ♥　奥突くやつイヤぁ♥」

いかに言葉で嫌がっていても、声色はそう言ってはいない。

「そっか……ふんッ‼」

ぐぢゅぢゅぶうぅうぅッッッ‼

「いッ、イっ、い、いいいい、イくうぅうぅうぅっ‼」

ビクンッ‼　ビクッ、ビクビクビクビク……っ‼

「うあ……っ！　あぐっ、ち、チンポが引っ張られて……っ‼」

今までとは比べものにならない、強い痙攣。

それは紛れもなく、亜衣姉がイった証拠だ。

「い……イっちゃった……ぁ……はぁ、ま……マサのオチンチンで……うううぅうぅっ♥」

は……初めて……女の人が……亜衣姉が、俺のモノでイった……!!

脳がその感慨に支配される。

同時に、もっと先へ行きたいという欲求も抱く。

亜衣姉の身体のもっと奥に――心の奥に……!!

「マサのオチンチン……っ、アタシのナカに入っちゃってるうぅうっ!!」

「ナカじゃわかんない！　どこ!?　亜衣姉のどこに、俺のがハマッちゃってるのッ!?」

「お、オマンコぉおぉッ！　アタシのオマンコに、マサのオチンチン……っ!!」

いや……まだだ……。

「俺とセックスしてるんだよね!?　チンポとマンコで、セックスしちゃってる!!」

思いきり彼女の中まで突きながら、問い詰める。

「そ、そぉ、セックスぅッッ!!　あたしぃっ、マサとセックスしちゃってるのぉッ♥」

もう一歩……!!

俺が土足で上がり込むたび、肉棒を締めつける感覚もキツくなっていく。

「亜衣姉、興奮してる……っ、オマンコできて嬉しいんだ。俺とッ!!」

「うっ、嬉しい、嬉しいッ!! マサとセックスできて嬉しいッッ!!」

「だよねッッ!!」

俺はさらに、ベッドがふたりの体重でたわむほど強く彼女を突く。

さっきよりもずっと力強いピストンで、亜衣姉のオマンコを犯していく。

「マサのチンポぉ、アタシのオマンコ突き刺してくるぅぅぅッ♥ こんなの、火ぃついちゃううぅうッ」

ならつけてやろうと、前後のピストンに捻るような動きを追加する。

不規則な動きで、どんどん亜衣姉を追いつめていく。

「負けろ、亜衣姉ッ!! またイって!!」

「す……ッ、すごぉ……ッ、若い子のセックスぅッ♥ マサのセックスぅッ♥」

「俺のチンポでイって!! 三ヶ月ぶりにイって!!」

叫ぶように言いながら、腰の動きも強くしていく。

いや、もう、強弱の加減なんかできない。

あらん限りの力を込めて、亜衣姉のオマンコに腰を打ちつけるのみだ。

「あぁはァッ、いッ、イっくうぅぅぅーーーーーーーーッッッ!!」

ビクンッ! ビクビクビクビクビクビク……っ!!

亜衣姉の肢体が大きく大きく反り返る。

と同時に、食いちぎられるかと思うほどに、その膣が俺のモノを締め上げた。

「お、俺もイく……亜衣姉のマンコの中で精子出しちゃうよっ」

腰の奥で煮えたぎった白濁が、出口を求めて身体をせっついている。

俺はその情動に任せて――。

「出すよ亜衣姉……っ！」

「き、来て……マサ、来てえぇぇぇーーーーっっっ!!」

その言葉に、俺は最後のひと突きをくれてやる。

どぶびゅぶっびゅぶびゅぶっ！

瞬間、亜衣姉の中で俺の勃起が爆《は》ぜた。

「あはぁあああぁぁあぁぁあああぁぁぁアーーーーーーーーーッッッ!!」

膣穴の中で、ペニスが何度もどくどくと脈を打つ。

「イくぅうぅっ！　またイく、射精されていっくうぅぅぅーーーっっ!!」

ガクンッ！　ビクッ！　ビクビクビクビクッ!!

ベッドの海を、亜衣姉の身体がのたうつ。

亜衣姉の粘膜が、また俺を奥に誘うように引《ひ》き攣《つ》った。

もっと奥で――子宮の近くで射精してほしいとでも言うかのように。

放したくないと訴えているかのように。

俺のペニスはいよいよ搾り上げられ、射精はなおも続いた。

びゅるうぅぅうぅっ！　びゅくっ、びゅるっ、びゅるぅぅぅぅ……っ!!

「まぁ、まだ出てるぅ……っ、オチンチン……オマンコの中で暴れ回ってるぅ……♥」

白濁が尿道を突き抜けるたび、意識が遠くなるような快感が疾《はし》る。

びゅるるぅぅッッ!!

最後の一撃で、精巣のものを一滴も残さないように出しきる。

そして、まだなお頑ななそれを亜衣姉の中から引き抜くと。

ずるうぅうぅぅ……っ♥

まとったコンドームの先には、たっぷりと精液が溜まっていた。

亜衣姉は呆然とした様子で、視線だけを俺

の股間に向ける。

「ま……マサ……まだ大きいの……ふぁ、それも……こんなに出して……♥」

うっとりとした、欲望まみれの視線が俺のモノにまとわりつく。

亜衣姉が俺のこと……こんな目で見て……。

一度収まりかけた欲望が、またもぞもぞと動き出す。

「あ……亜衣姉っ。これからも……俺とセックス……してくれるよね……⁉」

「あ……っ、ふぁ、あ、そ、それは……」

さすがにちょっと、ためらう亜衣姉。

「お願いっ‼」

「ううぅうっ……っ、わかった……オマンコ、するぅ……っ♥」

亜衣姉は虚ろな瞳で、けれども嬉しそうに頷いてくれた。

第二章　世話焼き奥さんで人の頼みを断れない亜衣さんにお願いしてアナル開発をさせてもらった

――劇的なことがあっても、日常は淡々と続く。

当たり前のように日は昇って、当たり前のように、朝はやってきた。

「ふぁ……」

いつものようにあくびと伸びをして。

今日は遅刻しないようにしないと……。

そんな平凡なことを考えて、俺は身支度をして外に出た。

亜衣姉の姿はなかった。

残念なのか、むしろほっとすべきなのか、自分でもよくわからなかった。

通学のときも、講義を受けているときも、俺の意識は昨日の出来事に飛んでいた。

夢中になったし、亜衣姉ものすごく乱れてくれた。

今まで情報で知ったつもりになっていた、女との性交という概念がいきなりアップデートされたような。

柔らかくて、絡みついてくる粘膜は鮮烈で、ただただ気持ちがよかった。

すべすべでいい匂いのする、メスという存在。

普段の気《き》っ風《ぷ》のいい雰囲気からは、まったく想像がつかない、淫らなオンナになった亜衣姉。

あの日から、俺のなかでなにかが、変わってしまっていた。

遠目に見て焦がれるだけだった女性という存在。

手に入れたくて、だけど諦めてもいた女のカラダ。

人妻になっていた亜衣姉。

三つを全て兼ねた存在が、俺の腕の中で……。

また、触れたい。

また、亜衣姉とセックスがしたい。

俺は一日中、そんなことを考えていた。


「お、正人君」

角を曲がったところで、心臓が一瞬、大きく跳ねた。

マンションの傍で、康介さんと鉢あわせしたのだ。

「今帰り？」

相手はいつもの穏やかな笑顔で尋ねてくる。

「はい。康介さんもですか？」

「あはは、逆なんだ。これから仕事なんだよ」

もうすぐ夕飯どきっていう時間なのに？

「明日から出張なんだけど、現場に前日入りすることになっちゃったんだ。これから新幹線だよ」

「新幹線！　遠くなんですか……？」

「まぁ、地方だね。新入社員の研修をするんだ。数日で帰ってこられると思うけど……予定は未定ってやつだねぇ」

こういう話を聞くと、この人はリーマンで、しっかり社会人しているんだよなぁ、なんて思う。

「お隣のよしみってことで、亜衣ちゃんのことをお願いしてもいいかな」

ドクン……っ!!

また、俺の心臓が跳ねる。

「亜衣ちゃん結構寂しがりだから、話し相手でもしてあげてほしいな」

康介さん……俺、亜衣姉とセックスしちゃった。

あなたが今思い浮かべてる奥さんのオマンコに、ペニス入れちゃったんだよ。

そんな心の声を噛み殺し、俺は平静を装う。

「い──いいんでしょうか」

「うん。もちろん、暇なときだけでいいからね」

康介さんはニコニコと頷く。

亜衣姉の唇って、すっごく柔らかいね。

オマンコもすごく熱くて深くて、最高の具合だった。

「君が引っ越してきてから、心なしか亜衣ちゃんが元気な気がするよ。いや、もともと元気ではあるんだけどね、いっそういきいきしてるっていうか」

「あは……照れます」

もう三ヶ月もセックスしてないんだってね。

亜衣姉、俺のペニスですっごく感じまくってたよ。

あれが欲求不満ってやつなのかな？

「きっと亜衣ちゃん、毎日夕飯を余らせると思うから。食べに行ってあげてよ」

「いや、ホントありがとうございます」

亜衣姉、いやらしいこと言わされて興奮してたよ。

ちょっとマゾっぽいところがある気がするけど……康介さんは知ってるんですか？

しゃべっている内容とはまったく違うことを考えながら、俺は談笑を続けた。

「それじゃ、そろそろ失礼するよ」

なにも知らないまま、康介さんは朗らかに去っていった。


ピンポーン。

その日の夜。

ベッドに寝ころんでスマホを眺めていると、突然チャイムが鳴った。

こんな時間に誰かと、ドアを開けてみれば、その向こうには少々気まずそうな亜衣姉の顔があった。

「い……いきなり来ちゃって、ごめん」

両手で大きな鍋を抱えている。

「カレー作ったんだ！　アンタまたどーせコンビニ弁当とかで済ませちゃうんだろうから、いっしょに食べよ！」

と、しかしそんな言葉とともに、彼女はいつもの亜衣姉に戻る。

世話焼きで、明るくて、ちょっとおせっかいな、子供のときからずっといっしょにいた亜衣姉に。

そんなこんなで俺たちふたり、カレーライスで食卓を囲んだ。

そして、夕食後。

キッチンに立った亜衣姉は、いつもの調子で皿を洗っていた。

しかしその後ろ姿に、俺は心穏やかではいられなくなっていた。

愛しさとか、劣情とか、そういうものが混ざりあった感情に、身も心も支配されていく。

「亜衣姉」

そっと、亜衣姉を後ろから抱き留めた。

「ま……マサ……っ⁉」

驚くものの、亜衣姉は抵抗しない。

こちらへと向き直った彼女と俺の視線が交差する。

ちゅぷぅッッ。

そんな彼女の口腔へと、俺は勢いよく舌を差し込んで掻き回した。

「ぢゅるぅ……っ、んぢゅっ、ぢゅうぅぅぅ……っ♥」

亜衣姉は俺の不躾な舌の動きに反応して、積極的に自分の舌を絡め、俺の舌を吸うようにしてくる。

瞳が蕩けていく。呼吸が荒くなる。

くっついている身体の温度が、少しずつ上がっていく。

舌を伝わせて唾液を送り込んでも、抵抗がないどころか、ためらいもせずにそれを吸り飲んでくれる。

そんな様子に、俺の股間には血が集まってきた。

「はぁ……っ♥　はぁ、はぁ……あぁ、マサ……んん……っ♥」

発情した目で俺を見る亜衣姉に、すぐにでも押し倒したくなるのを、どうにか抑える。

「ほ、ほら亜衣姉、舌出して。ベロベロって」

亜衣姉は、言われたままに舌を突き出しして、男を誘うような動きをする。

俺は彼女の舌へと自らの舌をくっつけて、ざらつきを確かめるように絡めあった。

「あはぁ……っ、はぁーっ、あ、う……うぅうぅうぅ♥」

舌と舌とを離すと、亜衣姉は名残惜しそうな顔になる。

もっと亜衣姉とキスしていたいけど、でも……キス以上のこともしたい。

「亜衣姉……またセックスしたい。しようよ」

瞳が揺れる。

亜衣姉が、亜衣姉のままでいるべきか、それともメスになっちゃうべきかで揺れている。

「亜衣姉……俺のオンナになってよっ」

ダメ押しするみたいに言う。

「お、オンナって……マサの……オンナって……あぁ……っ」

「ダメなの……？」

「だ、だって！　アタシ、もう、旦那が……コーさんが、いるから……人妻で……」

「いいんだ！　それでいーんだよ……康介さんの奥さんでいい……奥さんのまま、俺のオンナになってよ……お願いだから」

「そんなの……！　許されるわけ……」

「好きなんだよ亜衣姉っ！」

ぎゅ……っ！

亜衣姉を抱き寄せる腕に、力を込める。

「ずっと好きだったし、この間セックスしてからもっと好きになった！　もうずっと亜衣姉のことばっかり考えてるんだよ俺っ」

「ま、マサ……あ、あぁ、そんな……困る……っ、アタシ、困っちゃうから……っ」

かぶりを振る亜衣姉だが、しかしそれは本気で困っているようには見えない。

「もう亜衣姉なしじゃダメなんだ。生きていけない感じになっちゃってて……だからお願い、俺のオンナになってよ！　亜衣姉っ、お願いだっ！」

黙してしまう亜衣姉だが、しかしその瞳は相変わらず、情欲の炎が灯っていた。

「お願い。毎日亜衣姉とハメたい。亜衣姉を毎日、何回でもズコバコ犯したい！　ずっといっしょにいたいっ」

「あ、あぁあ……っ、毎日……なんて、そんなのぉ……♥」

「だからお願い、俺のオンナになって！　俺本ッ当に……もう亜衣姉のことしか考えらんないんだ……！」

「そんな、ふうに……うぅっ、言われたら……！」

もうひと押しだ。

「頼むよ、本当に！　お願いだよ……亜衣姉にしか頼めないこと……いや、亜衣姉じゃなきゃ叶えらんないお願いなんだ……」

瞳の揺れがどんどん強くなって。

「……んとに？」

そしてそれは、いきなりぴたりと止んだ。

「ほんと……に、あの人の……奥さんの、ままで……」

真っ直ぐ俺のことを見つめてくる。

「絶対……絶対、秘密にできる？」

「できる！　約束するっ！」

「なら……なる……っ‼」

亜衣姉は断言した。

「なる……！　マサの……マサのオンナに、なる……っ‼」

「亜衣姉っ‼」

俺はたまらず、その肢体を抱きしめた。

「ま、マサ……！　こ、ここまで、言わせたんだから……！」

「うん、毎日亜衣姉とセックスしまくるっ！　俺のオンナだからっっ！」

「あ……あぁっ、毎日なんて……そんなにしたら……はぁ、あぁぁあぁ……♥」

亜衣姉は俺の言葉で興奮する。

「欲求不満だった？」

勢いに任せて、そんなことまで尋ねる。

と、彼女は堰を切ったように。

「ずっと……コーさんとは……この三ヶ月だけじゃない……ずっと、もう……その、アレだったからぁ！　た、溜まってたのよ……っ、いろんなのが……」

「……亜衣姉っ！」

さらに強く、腕の中の女性を抱きしめる。

メスの本能を露わにする、初恋の人を。

「毎日オマンコしよ……！　俺、亜衣姉とスケベなことといっぱいしたいっ」

「うぅぅ……っ、そ、そうだよね……アタシ、マサのオンナなんだもんね……♥」

その言葉を聞いて、俺はまた自分を抑えられなくなる。

べちゃっ。

再び、舌と舌を空中で絡めあうキス。

亜衣姉の舌が積極的に絡みついてくる。

俺もそれに応えるように、自分の舌をなすりつける。

亜衣姉を翻弄するように、舌をぐいぐい押しつけると――。

「んひィッ♥　ひぐうぅうぅうぅ～～～～っっっ♥」

ただそれだけで、亜衣姉の身体が痙攣した。

この前、俺のペニスでイったときみたいに。

「はは……亜衣姉……もしかして、イっちゃった……？」

「はぁ……あぁ……そ、そぉ、みたい……」

自分の身体に起きたことがわからないのか、曖昧に頷く。

「信じられないよォ……こんなの、初めてだもん……ううぅ♥」

康介さんとも入り込んだことのない領域に、亜衣姉は俺とともに足を踏み入れたわけだ。

その事実が、どこまでも俺を高揚させる。

股間は痛いくらいに勃起していた。

「う、わ……すごい……マサ、もうこんなにしちゃってんの……？」

亜衣姉は俺の脚と脚の間に座り込んで、俺の勃起を見つめた。

むにゅうぅ……っ!!

そして乳房が、俺の股間をぐいっと押し上げる。

「もう、おへそにつきそうなくらいにガチガチ……アタシとのキス、そんなに興奮した？」

「うん……すっごく。あんなエロいキスしたらこうなるって」

「ん……♥ そんなふうに真っ直ぐ返されたら、なんかアタシのほうが照れちゃうよ……」

亜衣姉は頬を赤らめたまま、俺の顔と肉棒を交互に見つめる。

「……あのさ、マサ、こういうことも初めて？」

「は、初めてに決まってるじゃん！　童貞だって言ったじゃん」

「じゃあ、アタシが初めて……マサのこれを舐めるんだ」

亜衣姉の双眸《そうぼう》が、また潤む。

そうだ……初めてフェラ、してもらうんだ……。

「にしても……本当におっきい……♥ これが、アタシの中に入ったんだよね……」

同時に、亜衣姉に対する嗜虐心《しぎゃくしん》のようなものも湧いてくる。

頑なな俺のモノに熱い吐息を振りかけてくる亜衣姉に、恥ずかしいことをさせたい、言わせたいと。

「亜衣姉……俺のチンポって、どんな感じ？」

「えっ？　どんなって……」

「教えて……亜衣姉の口から、どんな感じか聞きたい。大きさとか……」

亜衣姉の喉が、ごくんと鳴る。

「大きいだけじゃないよ……すっごい硬い。アタシの胸を押し返してきて……骨みたい。

こんなの入れられちゃったなんて……ウソみたいだよ……はぁ……♥」

ビクン……っ！

勃起が言葉に反応して震える。

と、亜衣姉は亀頭の先っぽに顔を寄せて、鼻をひくつかせた。

「んんっ、はぁ、ん……っ、エッチな匂いがする……あぁぁ……♥」

「亜衣姉も……興奮してる？」

「もう、見ればわかんでしょ？　……してるよ。マサのオチンチンの匂いで、身体がじわ～んってしてるぅ……♥」

甘い声に、俺の股間がまた強く脈打った。

「ね……ねぇ、康介さんのとどっちがでかい？」

「え……っ、ちょ、そ、それは……言えないよ」

狼狽し、勃起から視線を逸らそうとするが、それでも目を逸らせずにいる亜衣姉。

「……お願い、教えて。康介さんと俺、どっちのが大きい？　どっちが好き？」

「も、もう……わがままっ子だね……マサのほうがでかいよっ！」

不貞腐れたような声に、また勃起が跳ねた。

「そっかぁ、俺のほうがでかいんだ……へへ」

「い、言わないでよ、誰にも……！」

「言わないから……そ、その……俺の、康介さんよりデカいチンポ……舐めて？」

「そ、そうだね……ずっとこの状態で焦らすのも悪いね……いくよ……んっ！」

ぢゅぷっ。

先端に、生温かいものが触れる。

さっきは俺の唇に触れていた、柔らかな舌と唇が。

「まずは、ご挨拶……んちゅ……っ♥」

「あぁ、え、えろ……超エロい挨拶……っ」

俺が感激する間にも、何度も鈴口にキスが落とされる。

「んふ……アタシを気持ちよくしてくれる……逞しいオチンチン……♥」

肉棒が唾液にまみれ、表面がべとべとになる。

「あふぅ……っ、キスじゃガマンできない……もっと、したくなる……♥」

甘い吐息に混じって、そんな言葉が飛び出してくる。

「舐めるたび、頭がぼぉっと熱くなってくる……もっと舐めたい、もっとしゃぶりたいって……♥」

「じゃあもっとして！　もっとエロく舐めて、お願い！」

これからへの期待に、腰の奥がもぞもぞした。

「ン……っ♥　いくよ……あぁぁあぁ～～～ん……っ♥」

大きく開かれた唇が、俺のモノを呑み込んだ。

その瞬間、頭の中が真っ白になり、俺は束の間、言葉も忘れた。

股間から入り込んだ衝撃が、一気に広がっていく。

「んぶッ、んぶッ、んぢゅんぢゅぢゅうぅ〜〜〜〜ッ♥」

「うくぁあぁぁっ、あっ、あ……亜衣姉、亜衣姉っ」

ようやく言葉を思い出す。

亜衣姉が……亜衣姉が、俺のペニスしゃぶってる！

その衝撃は、遅れてやってきた。

快楽が強すぎて、脳が麻痺したかのようだ。

あの亜衣姉が……すっごい顔してペニス舐めて……。

すぼめた頬、伸びた唇。

普段のチャキチャキした姿からは想像もつかない、ドスケベ女の顔で。

「あ……っ、亜衣姉ッ、チンポもげる……！　す、すご、吸いすぎぃいぃっ！」

ぢゅぷ……ぢゅぷ……ぢゅぷ……ぢゅぷぅ……っ。

亜衣姉の瞳はどこを見ているのか、どこも見ていないのか、熱に浮かされているようだった。

「んぅッ、お、おひんぽ……おいひぃぃ……っ、ぢゅっ♥」

俺の言葉も耳に入っていないのか、亜衣姉は夢中でペニスを貪り続ける。

「あ……亜衣姉ッ!!」

ようやく我に返ったように、亜衣姉が俺を見る。

「夢中になりすぎだよ……そんなにチンポおいしい？」

「んッふ……ふぅぅ、ふぅ……っ、お、おいひいっ♥」

俺の意地の悪い言葉にも、戸惑うことなく答えてくれる。

「じゃ、じゃあ……舐めながら俺の顔見て。おいしそうな顔で舐めて……！」

「んぅぅ……っ、ひょ、ひょうがないねぇ……っ、んぶッ♥」

モノをしゃぶる亜衣姉と俺の視線が、がっちり噛みあう。

いやらしい顔でペニスをしゃぶりつつ、その瞳で俺をじっと見つめている。

「亜衣姉、ホントにおいしいって思って舐めてるね……！」

「おいひい……っ♥　若くへ……ガチガチのおひんぽ……お、おいひいのぉっ♥」

亜衣姉が興奮すればするほど、それを見て俺も昂《たか》ぶっていった。

「ハァ……！　これが亜衣姉のマンコを……これから毎日ズコバコするチンポだよ！」

俺の淫らな言葉に、亜衣姉はいよいよ淫らな顔になる。

亜衣姉って……マゾなのかな。

恥ずかしいことを言ったり言われたり、そういうことが好きなのだろうか。

「あんッ♥ おいひぃいっ♥ おひんぽおいひぃっ♥」

「じゃあ……また宣言して」

亜衣姉の興奮をさらに煽ろうと、俺はお願いする。

「俺のチンポに、俺のオンナになったって言って！」

「うぅぐうぅっ♥ も、もほぉ……っ、しょ、しょうがないん、だから……」

言いながらも亜衣姉は、一度ペニスから口を離した。

「あ、アタシ……マサのオンナに……なりましたぁ……♥ このオチンチンに、毎日可愛がってもらいたくて……自分から望んじゃったのぉッ♥」

「おぉ……っ♪」

支配欲と性欲が同時に満たされていく。

全身の血が股間に集まって、目の前の存在を、また屈服させたいとの衝動が湧き上がる。

「ほら、もっとしゃぶってよ。根本までAVみたいに……っ！」

「んんっ、ホントにしょうがないね、マサは……っ、はぁむぅっ」

ぬとぬとした亜衣姉の口が、一気に根本までを包み込む。

先端が喉に当たり、その動きまでが伝わってきた。

「うあぁ……っ、の、喉が、喉が動いてるよ……」

腰が抜ける。

下半身からペニスが引き抜かれるような、予想以上の快楽。

亜衣姉が俺のモノを喉奥まで咥えている。

その感激と、女の人の喉をこんなふうにしているという嗜虐の欲望が、俺のなかでない交ぜになる。

「あぁ……！　亜衣姉、もっと！　もっとして、頭振って、喉マンコピストンして……！」

ぐぅっと、一瞬亜衣姉の唇が亀頭の辺りまで引いて。

「ぢゅぶっ、ぢゅる、ぢゅるうぅう〜〜〜〜〜〜ッッッ‼」

根本まで一気に、かぶりついてきた。

また亀頭に温かな喉が当たる。しかも今度は、ただ触れているだけじゃない。

リズミカルに、本当にしごいているかのように、亜衣姉の喉が蠢いていた。

「あぁ……っ、あぁ、はぁっ、最高ぉ……っ！」

俺の喉からも、ついそんな声がもれた。

喉と唇を使って前後にピストンしながら、舌が肉棒の幹に絡みつく。

ぐちゃぐちゃと複雑な刺激が、絶え間なく襲ってくる。

「まひゃのひんぽおいひぃッ♥　んぐぅ、喉の奥ぅ、感じるふぅ〜〜っ♥」

しかもその激しい口淫で、亜衣姉自身も快感を感じている。

こんなの……エロすぎるでしょ……‼

限界が近づいてくる。

肉体も精神も、亜衣姉のエロさに、追い立てられてるようだった。

胸に歓喜の感情が広がっていく。

「……ご褒美にいっぱい射精してあげるから……もっと、もっと強く吸って！」

俺の言葉どおり、亜衣姉は喜色ばんだ顔で強く吸い立てた。

そんなバキュームに、腰の奥から熱が込み上げてくる。

「あぁイく、イく、亜衣姉……っ、イくよ、口の中に出す……！」

じゅるるるるるるッ♥

俺のモノが派手に震え、大きく爆《は》ぜる。

どびゅぶびゅるうぅうぅうぅっ！

そしてそれは、口腔内に個体のように濃い精液をぶちまけた。

「あは……あ、ああ……っ、まだ……！」

まだ出る。まだ出せる。まだ出したい……!!

どびゅぶうぅッ！　びゅぶっ！　どびゅっ！

「おッ、おぶッ、んッ、んんんんーーーーーっ♥」

歓喜の声を上げつつ、亜衣姉もそれを受け止める。

俺の身体は奇妙に痙攣していた。

何度も何度も絶頂の波がやってくる。

今までオナニーでは感じたことのない、強烈な気持ちよさだった。

「あぁ……あぁ、全部、飲んで……！」

大量に噴き出す欲望の徴《しるし》を、亜衣姉が飲み干していく。

飲み干すばかりか、もっと欲しがるように喉や口を蠢かせる亜衣姉。

どぷぅぅ……っ。

やがて射精も、亜衣姉の吸い上げも終わる。

「んふ……ま、マサぁ……♥」

満足げに、亜衣姉が微笑んだ。

そんな笑顔を見たせいか、自分でも限界と思うほどの射精をしたのに、俺の股間はまったく萎えず、まだ反り返るほどに勃起していた。

「亜衣姉……いい？」

枕の下に仕込んでいたコンドームをたぐり寄せると、亜衣姉はちょっと恥ずかしそうに、けれどもこくりと頷いた。

「んっ♥　いいよ、もちろん……」

「……あ、そうだ」

俺はまたお願いする。

「あれ、やってほしいな……あの……ゴム、口でつけるやつ」

「口で……って？」

「ほら、エロい店のお姉さんみたく！」

「……しょうがないねぇ、もう……♥」

今日、もう何度めかもわからないその言葉。

お人好しで、優しくて……そしてドスケベな期待を隠せない亜衣姉の照れ隠し。

「ん……っ、じゃ、行くよ……」

亜衣姉がコンドームの個包装を口に咥える。

歯を立てないように、端っこからフィルムを破って――。

「んふ……お客様、スキンを……つけさせていただきますねっ♥」

「うわぁ……それっぽい……！」

ゴムを口に咥えると、再び俺の股間に顔を埋める。

あ、亀頭に……ぺたってついた！

口をもごもごさせて器用に、この間は俺が自分でつけた避妊具を、亜衣姉の唇が装着させてくれる。

びくんっっ!!

亜衣姉が一気に、ゴムごと唇を押し下げ、俺の股間が震えた。

窮屈でべったりした感触が、亜衣姉の口の気持ちよさと一体になって――。

ぷぴゅ……っ。

ちょっと……ちょっとだけガマン汁が出た……。

「あはっ♪　可愛いねぇ……お客様、しっかりつけられましたよぉ……♥」

ノリノリの亜衣姉が口を離すと、俺のモノはきちんと根本まで、てかてかしたコンドームに覆われていた。

「おぉ……さすが、大人」

「えっへん」

俺に対してマウントを取りたいのか、胸を張ってみせるが――。

「じゃあ、これからこの間みたいに、亜衣姉のマンコにハメてあげるから」

一転して目を潤ませる。

「……うん……いっぱいして、マサ……♥」

ずいぃ……っ!!

と、俺の眼前にでっかい尻が迫ってきた。

「前と違う体勢だけど、ちゃんとできる？　アタシがリードしてあげよっか、マサ？」

俺の食い入るような視線を感じてか、亜衣姉は余裕を見せる。

「なんだかんだ言って、まだ経験の少ないお子様だもんねぇ。ギラギラした目でお尻見ちやってさ♥」

いらッ。

俺の脳裏にちょっと、対抗心が湧く。

「ねぇ、亜衣姉……さっきの、すごくよかった。あの、ゴムつけるときの、エロい店のお姉さんみたいなの」

娼婦みたいな仕草が、ものすごくぐっときた。

「またやってよ、お客を誘うみたいな感じでさ……こう、お尻振って。お願い！」

「もう、変なことさせたがるねぇ……ま、いいけど……」

「おおおぉ……っ!!」

亜衣姉の巨大な尻が、俺の目の前で左右に揺れる。

そのたびに、汗や肌の香りまでが漂ってくるようだった。

「アタシの身体……好きにして♥　今のアタシは、マサのモノなんだから……♥　この大きいお尻、気が済むだけ……可愛がっていいんだよ？」

その仕草に、ついつい俺のモノはわなないて──亜衣姉はドヤ顔になる。

「やっぱり男の子は、胸とかお尻が好きなんだねぇ。子供の頃も、隙あらば触ってこようとする悪ガキがいたっけね～」

「お、俺はそんなことしてないし」

「でも中身はいっしょでしょ？　女の子の身体に興味津々《きょうみしんしん》な悪ガキ……って、あ――」

亜衣姉の言葉は途中で止まった。

俺がその腰を掴み上げたからだ。

ぢゅぶぶぶぅぅッッ!!

「あぁぁぁぁあああーーーーーッッ!!」

俺の勃起に貫かれ、亜衣姉がその背を反らせた。

亜衣姉の膣穴はねっとり湿っていて、簡単に俺を受け入れてくれる。

しかし、今日はその刺激に感動している場合じゃない。

「ほらァ、亜衣姉ッ!!」

ぢゅぶっ、ぢゅぼっ、ぢゅぼっ！

「ふ、太いよォ～～～っ、おっ、おなかの奥ぅ……っ、お、押されて……っ!!」

奥まで突き刺した肉棒を間髪入れずに前後させると、亜衣姉は歓喜にむせび泣いた。

「待ってぇぇっ！　マサッ、も、もっとゆっくりひぃいぃいぃ～～～～っ！」

俺の狙いどおりに、許しを請うかのような喘ぎを上げる。

俺はついこの間まで童貞だったけど。

女心なんか、よくわからないけど。

亜衣姉がメチャクチャ感じやすくて、俺のチンポで突き上げられるのが大好きだってことは、理解できる。

「亜衣姉……っ、ほらっ！　俺のチンポはどうだよっ」

深く挿入したチンポを、さらに奥深くねじ込むように腰を突き出す。

「あぁあ、奥に当たるぅッ！　デッカくてぱんぱんのオチンチンっ♥」

腹の奥底から響くような声を、亜衣姉は上げた。

「これでも俺はガキかよ！　なあおいっ」

「そ、そんな……ことぉっ♥」

「子供だの悪ガキだの、亜衣姉はそんなチンポにひーひー言わされてんのかよ！　康介さんよりデカイって、言っちゃったのかよっ！」

乱暴に、責め立てるように、不思議と馴染みのない強い言葉が、すらすらと出てきた。

「あうッ、子供じゃない、子供じゃないからぁっ！」

「子供じゃなかったらなんなんだよ、おらぁっ！」

「お、おとな、オトナチンポおぉおっ♥　逞しいオスのチンポなのおぉ～～っ♥」

そんな言葉とともに、亜衣姉の膣穴が亀頭に吸いついてくる。

「あッ、アタシのなかのメスが疼いちゃうぅっ！　オンナの部分が……素敵なチンポの形になっちゃううぅうぅ～ッ！」

ぐちゅる……っ、にぢゅっ、ぐぢゅぅぅ……っ♥

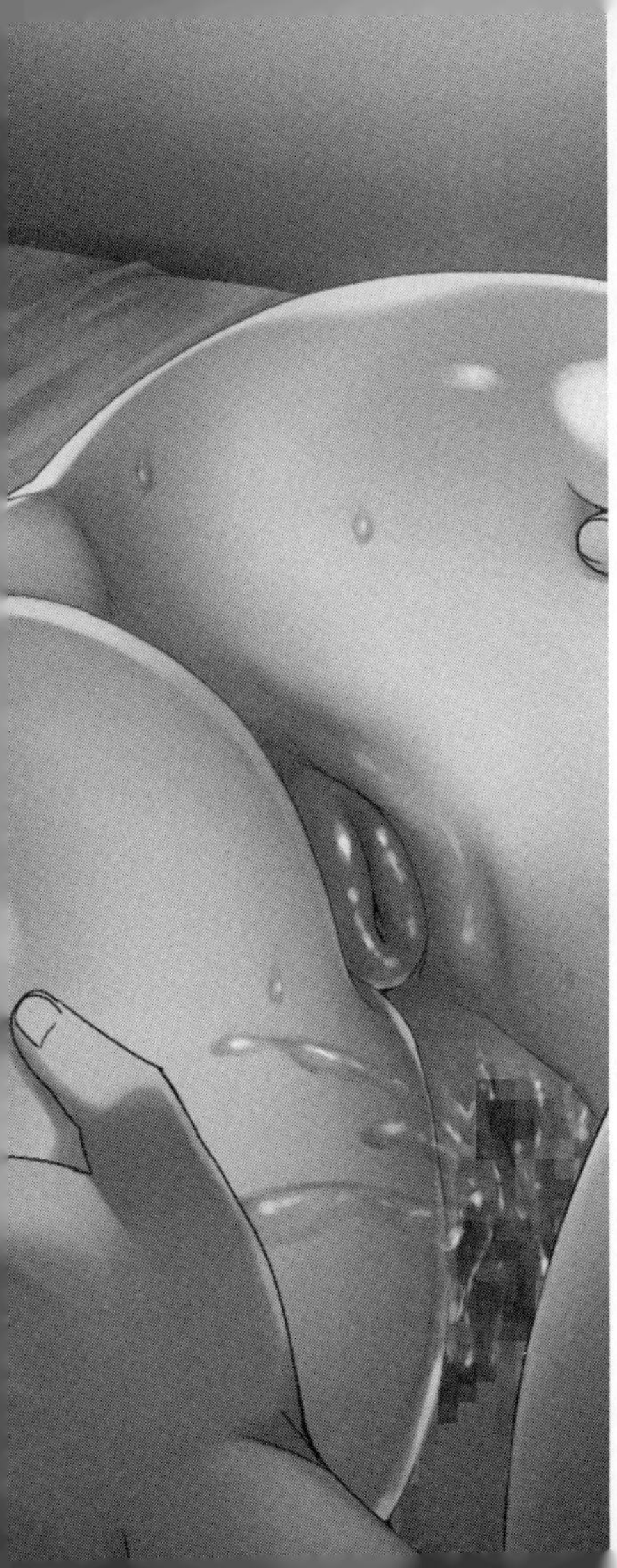

嬉しげな言葉とともに、その膣穴は、俺のペニスを絡め取るように蠢いた。

「メスって、認めるんだ……亜衣姉、俺の前じゃただのメスなんだな！」

絡んでくる膣肉をはねのけるように、ヒクつきを押しつぶすように。

亜衣姉のお尻が衝撃で波打つくらい、強く下腹部をぶつけていく。

俺が一方的に支配するみたいに、何度も何度も、不規則に激しく動いていく。

「はは……っ、す、すっかりメスの鳴き声じゃん！　オマンコもビクビクしてるよ」

「オマンコぉっ、勝手に震えちゃうのぉおぉッ!!　マサの逞しいおチンポに媚びるみたいに……もっと感じたいって……オマンコが堕ちていっちゃうのよぉおぉ〜〜〜っ♥」

堕ちる——その言葉の響きに、ぞわりと背徳感が湧き上がる。

「お……堕ちろ！　俺のチンポで堕ちろッ!!」

ずぶぢゅっぢゅうぅうぅぅ〜〜〜ッッ!!

「あひぃぃいっ！　しぃ、子宮ッ、ゴツゴツしないれぇえぇぇぇッ!!」

亀頭の先には子宮がある。

そこを突き上げることをイメージして、下腹に全体重をかける。

「感じてるでしょ！　亜衣姉のドスケベオマンコ、スケベに震えてるのがわかんだよッ」

俺の口にした卑猥な言葉に、亜衣姉が同意した。

「アタシ、負けたい……っ、マサのチンポに負けたいって思っちゃってるのぉおっ♥」

「ま、負けろ！　俺のチンポに負けろっ!!」

押し込むばかりだった肉棒を、ゆっくり引き抜く。

「ア、あひ、抜けて……っ、オマンコ、引っ張られてぇ……っ♥」

そして、一気にぶっ挿す。

ぐぢゅうううぅぅッッ！

「あぁあぁあーーーーッッ！　いぃくッ、オマンコイくぅぅーーーーーっ‼」

びくんっ！　びくびくびく……っ‼

大きな震えが伝わってくる。

「へ……へへ、亜衣姉、イったんだ」

パァンッ‼

思いきり、その大きなお尻を平手でぶつ。

「あひぃいっ！」

悲鳴を上げる亜衣姉だが、俺は容赦しない。

「言えっ、イきましたって言って！」

「あぁあぁぁッ♥　イきましたぁッ！　アタシ、マサのチンポでイきましたぁッ‼」

「先にイったんだから……亜衣姉の負けだよなぁ⁉」

「はいぃいぃッ‼　亜衣の欲求不満オマンコッ、負けちゃいまひたぁあぁッ‼」

支配欲が満たされていく。

「亜衣姉、負けるのがイイんだろ。マゾっぽいもんね。俺がいっぱいイジめてあげるよ」

「あっ、あっ、そんな……あぁ♥」

「このでかいお尻、叩かれたりするのがいいんだよね」

ぺち……っ、ぺち……っ♥

俺がお尻を叩くと、また嬉しそうな声を上げる。

「んん……っ、ひ、そ、そんな……アタシ、マゾなんかじゃ……ひぃッ♥」

「さっきもお尻叩かれて感じてたもんね。悪ガキに悪戯されてた頃も、ホントは気持ちよかったんじゃないの？」

「ま、マサ、アンタ調子に乗るのもいい加減に……!!」

逆らってきたところで、ピストンを再開させる。

ぢゅぶぢゅぶぢゅぶぅぅぅうぅぅ～～ッ!!

「いや、あぁっ、また突いちゃ、あぁぁ～～ッ！」

捻りを加え、亜衣姉の中を蹂躙していく。

「言えよ……っ！　認めろよ、マゾだって!!」

腰で亜衣姉の尻を叩くみたいにすると、面白いくらいに反応が上がる。

「あぁぁあっ♥　あっ、ア、亜衣はぁっ、ドマゾですぅぅぅ～～～～っっ♥　マサ、マサにいじめられるの好きひぃっ♥」

「あはは、やっぱりそうじゃん！」

ぐぢゅううぅぅっ!!

と、また抽挿を激しくする。

「はひぃっ、ひ、好き……好き！　酷いくらいに激しくされるのが好きなのぉっ！」

「康介さんは⁉　康介さんはいっつも、こんなふうにイジめてくれる⁉」

「ア……っ、それは……！　それは、そ、そんなの、言えないのぉ……っ！」

ぷるぷるとかぶりを振るが、もう答えを言っているも同然だ。

どくんどくんと、股間と頭で同時に血がたぎる。

目の前のメスを独占したい欲望に支配されていく。

「ふぅぅん、言えないんだ……じゃあ、ほら」

ぐちゅぶ……っ♥

巨大な柔肉の真ん中にある、ピンク色の窄まりへと、指をねじ込んだ。

「ま、マサ、アァ……っ、そ、そこは……あんっ、あんっっ♥」

汗ばんだ指先でも感じる、温度の高い粘膜。

そこは挿し込んだ指を、やすやすと呑み込んでいく。

驚きながら、亜衣姉の顔を見ると。

「お、お尻……イヤだよマサぁ……お尻は、おし……り、は……ッッ‼」

入り込んだ指をねじ曲げると、亜衣姉は大きく背を反らせ、硬直した。

亜衣姉、喜んでる……！

ちょっとしたお仕置きと、からかいのつもりでイジっただけなのに。

亜衣姉は尻の穴を責められることに、快感を感じていた。

これはうまくやれば、亜衣姉をさらに堕とすことができるかもしれない。

「亜衣姉、まさか……こっちでセックスしたことあるの？」

「あひぃっ♥　な、ないぃ♥　お尻で……セックスなんて……」

「じゃあなんで……？　絶対初めてって感じじゃないよ。指が根本まで入っちゃうじゃん」

ぢゅぶぅぅぅ……っ。

指を埋め込みながら、尋問する。

「あはぁっ♥　それ……は、いやぁぁっ♥　しゃ、喋れなひぃっ♥」

「しゃべれ！」

ぐぢゅんっ……っ‼

思いきり、指を肛内へと突き立てる。

「きょ、興味が……あったのよぉっ♥　ま、漫画で読んで……それで……あぁぁあぁっ♥」

憧れだった人の、昔から知っている人の衝撃的な告白を聞かされる。

「大人になっても……あぁ、お尻でオナニーするのがクセになってて……あぁひぃっ、イヤぁ、こんなこと、マサに教えたくないのぉ～～っ♥」

びくん……っ‼

そんな言葉に、俺の肉棒はさらにいきり立った。

猛りに任せて亜衣姉をぐっちゃぐちゃにしたいのをぐっと堪え、俺は言葉責めを続けた。

「へぇ、アナルオナニーマニアか……なんかぁ、意外だな～～、亜衣姉みたいなしっかり者がそんなことしてたんだ」

「言わないで……あっ、あひぃっ♥　ひっ、ん……っ♥」

「さっき、アナルセックスはしたことないって言ってたけど……康介さんとは？　したいって言って、断られたの？」

「違う……っ、だって、こ、コーさんは真面目な……人、だから……っ、あぁあっ♥」

お尻を責める指を休めずに、ゆっくり腰を引く。亜衣姉の膣穴は、肛門と同期するようにひくついた。

「よかったね、亜衣姉……俺は康介さんと違って、ケツの穴大好きだから。亜衣姉のアナル、いっぱいイジめてあげるよ……！」

自分で自分の言葉にぞくぞくしながら、俺は彼女を責め続ける。

「ひいっ、ひぃいいぃっ♥　そぉっ♥　そんなこと……ッッ!!」

肛門にねじ込んだ指を、手首ごと回転させると、亜衣姉の喉から喘ぎ声が迸る。

オマンコも同じように、ヒクヒクと俺のモノを締めつけていた。

「ケツ穴も指だけじゃなくて、チンポが入る穴にしてやるよ……っ!!」

ぬぼ……っ、ぢゅぼ……っ、ぐぢゅぐぢゅううぅっ♥

「あぁ……あぁ！　いじってぇえっ♥　開発してっ、アタシのお尻の穴ぁ～ッ！　マサのぶっといチンポが入るようにしてほしいのおぉぉッッ♥」

亜衣姉は悦びの声を上げる。

「オマンコもッッ!!　オマンゴも犯してぇッ！　お願いひぃいぃッ♥」

「当たり前……っ！　亜衣姉は俺のオンナだからケツもマンコも可愛がってあげるよ！　嬉しいでしょ!?」

「はひぃいぃッ！　亜衣はマサのオンナッ♥　オマンコもお尻も好きにいじってぇっ♥」

俺はいよいよ激しく、膣穴を突き上げる。

亜衣姉を責め立てながら、俺自身も絶頂へ駆け上がっているのがわかった。

「あっ、イく、イっちゃううぅっ！　大きいのが来るぅ～～～っ！」

「イけ……っ、俺のチンポでイくんだよ！　亜衣姉は、俺のものになるんだ……っ！」

ぐぶぢゅぼっ！

「イく、イくよ亜衣姉……っ、オマンコの中で出してやる……っ！　くあぁっ‼」

俺が宣言した、その次の刹那。

どぶびゅぶびゅうぅうっ！

俺の先端から彼女の膣内《なか》へと、白濁が迸った。

「あッッ‼　イく、イくうぅぅぅ～～～～～ッッ‼」

ビクビクビクビクンッ‼

俺の射精が呼び水となったかのように、亜衣姉が膣穴を締め上げながら、絶頂を迎えた。

俺は吐精しながらも、亜衣姉の膣内にダメ押しのピストンを加える。

「あはぁっ、出てるぅっ、出ながら動いてるうぅぅ♥」

甘い声を上げつつ、亜衣姉が身体を震わせる。

「はぁ、あぁぁっ、まだ出る……っ、亜衣姉、亜衣姉っ」

びゅぶびゅるうぅぅっ！

なおもペニスからは、精が放たれていたが――それもやがて収まった。

「ふぁっ、は……抜くよ……」

ずぢゅるるる……っ‼

肉棒を引き抜くと、精液でぱんぱんになったゴムが、先端にまとわりついていた。

「ねぇ、亜衣姉……見てよ」

ペニスはちっとも萎えていない。

まだ腹につきそうなくらい勃起したそれを、亜衣姉に見せつける。

「はぁあっ♥　ま、マサ……まだ、そんなにおっきいの……？」

「わかんない……亜衣姉と、ずっとセックスしたいって思ってたから……そのせいもあるかも……へへ」

一度の射精じゃ終わらせない。

これから何度も、何度も……体力が許す限り、亜衣姉を犯したい。

「まだまだ行くからね、亜衣姉……」

「あぁ……あぁ……あぁぁ……あたしぃ、壊れちゃうぅぅ……っ♥」

俺の言葉に、亜衣姉は嬉しい悲鳴で応えたのだった。


――数時間後。

あれから何度も何度も、亜衣姉を突きまくった。

射精するたび、コンドームを引き抜き、それを亜衣姉の身体へと貼りつける。

そのうちのひとつは、おふざけで亜衣姉のお尻にねじ込んでやった。

そんな屈辱的なことも、今の亜衣姉は、喜んで受け入れてくれる。

「おぉ……っ、こ、これ以上イっひゃら……し、死んじゃうよォ……♥」

亜衣姉はそう言いながらも、挿入されたペニスを締めつけてくる。

もう何度絶頂したかもわからない。

俺もそろそろ打ち止めって感じだった。

「これで、最後にするから……はぁ、またオマンコに出してやるからっ」

そう言いつつ、抽挿の勢いを速める。

「いっしょにイくんだよ、亜衣姉……っ、俺の射精にあわせて、マンコイキしてッ‼」

何度も犯すうちにわかってきた亜衣姉の弱いところを、重点的に突き上げていく。

亜衣姉もぐったりしていた身体に力を込め、ベッドシーツを握りしめる。

同時に膣穴の締まりも強くなり、俺を射精に導いていく。

「イくよ亜衣姉……っ、ゴムぶち破るくらい出してやるから……っ‼」

びゅぶっ、びゅくっ、びゅぶびゅるぅぅ〜〜っっ‼

「イくぅぅぅぅぅーーーーーーーーーーっっ‼」

ぎゅうぅぅ……っ‼

射精した瞬間、万力みたいに肉穴が俺のモノを締め上げた。

ビクンッ、ビクッ、ビクビクビクッッ‼

食いちぎらんばかりの強さで、俺を搾り上げる。

そんな亜衣姉の絶頂で、俺の猛りはさらに震え上がった。

身体の奥の奥から汲み上げられた精液が、たまらない快感といっしょに撃ち出される。

──と、そのとき、亜衣姉が弱々しい声を上げた。

「あぁはぁあぁ……っ、あ、だ、だめぇ……出ちゃううぅ……っ♥」

「出る……？」

「お、おひっこ、れちゃううぅうぅうぅ～～～っ♥」

ジョロ……っ、ジョロロロロロロロロロロロロ……っ!!

ベッドシーツがレモン色に染まっていく。

亜衣姉の尿道から……快楽の末の失禁が溢れ出ている。

もう体力も底を尽きそうなのに、膣穴に挿入したままの肉棒が、またドクンと脈打った。

「すげぇ……すごいよ、亜衣姉……」

「あぁん……♥ マサ……あらひ……あぁ、も、もう……らめぇ……っ♥」

言いながら亜衣姉は……ゆっくりと、意識を手放した──。

「ふんふんふ～ん♪」

──たまの休日。

昼過ぎまで寝てやろうと思っていたのに、亜衣姉は部屋に上がり込んできて、俺を叩き起こした。

なにかと思えば、部屋の掃除をしろという。

言い出したら聞かないのが亜衣姉だ。

ぼやきつつもとっとと言われたことを済ませ、コーヒータイムと洒落こむことにしたのだが、亜衣姉はなにが楽しいのか、鼻歌を歌いながら窓拭きをしていた。

「んっしょ……はぁ、結構汚れてるねぇ。乾拭きは毎日しなさいよ……っと」

亜衣姉のお尻が、俺の目の前で揺れている。

この間、俺にいじられて震えまくっていたぷりぷりの尻が――。

そんなものを見せられて、劣情が湧かないわけがない。

「ふう、外側もやんないと……って、あ、きゃあっ!?」

亜衣姉は俺にお尻を掴まれ、悲鳴を上げた。

「ちょ、ちょっとどうしちゃったの……！」

問いには答えず、俺はこちらに突き出しているお尻に顔を埋めた。

分厚いジーンズに阻まれているのに、その下から漂うメスの香りがはっきりとわかる。

「いい匂いだよ、亜衣姉……」

「やめ、ちょ、マサ……きょ、今日は掃除しにきたんだからね……っ！」

恥じらいに身体をもじもじさせる亜衣姉の尻に、俺はなおも顔を擦りつける。

むぎゅうぅ……！

手に力を込めると、布地の向こうのお尻の柔らかさがしっかり伝わってくる。

「ねぇ、亜衣姉。ジーパン脱がしていい？」

「あぅ……マサ、やっぱり……このまま、え……エッチ、するつもりなの……？」

「うん……ダメ？」

「その、掃除してるんだし……し、したいなら……後でも……」

「今したいっ！」

俺は断言した。

「亜衣姉のお尻が見たい！　もう勃起がすごいんだ。お願い！」

「も、もうっ、そんなにお願いされたら、断れないでしょうが……っ‼」

顔を真っ赤にしながらも、亜衣姉はこくんと頷いた。

そのまま、もぞもぞとズボンのボタンを外していくが、黙って見ている俺じゃない。

即座に後ろから手を回し、俺も脱ぐのを手伝う。

と、ボリュームのあるお尻が露わになって――。

「うわ……っ、す、すご……亜衣姉！」

思わず声を上げてしまう。

「いやッ、バカ、そんなにじろじろ見ないでよ……っ」

亜衣姉の着けているパンツは、俗に言うTバックというやつだ。

左右の尻たぶに挟まれ、ただでさえ少ない布地がぎゅうぎゅうと真ん中に寄せられてしまっている。

亜衣姉の真っ白な尻肉を、いやらしく飾りたてるアクセサリーのようだ。

「すっご……いつもこんなパンツなの!?」

そういえば今まで、亜衣姉のハダカに夢中になりすぎて、下着までは気が回らなかった。

「そういうわけじゃ……ないけど……今日は……マサの部屋に行くんだし……」

「えっ、俺のために着けてくれたの……こんなエロいやつを?」

「ば、バカ……言わせるんじゃないの！」

ぷいとそっぽを向く亜衣姉だが、その頬は照れで赤らんでいる。

欲望と愛おしさがあわさって、俺の内側から衝動が込み上げてくる。

むぎゅううぅうぅ……っ!!

その肢体を、俺は思いきり抱きしめた。

「あんっ！　やだ、強い……んくっ、そんなに……ぐにぐにってしちゃ……あぁ……！」

露わになったデカ尻を、手のひらで揉みしだく。

「あ……っ、あっ、いや……あぁん……あぁ……あはぁぁん……♥」

痛いかな、というくらいの力を込めても、亜衣姉は切なそうな吐息を零すのみ。

「亜衣姉……感じてる」

「だ、だって……マサが……あふ、イヤらしく揉むからぁ……んんん……っ♥」

「俺のせい……？　亜衣姉がエロいからじゃないの？」

「い、いっちょ前に大人を……からかってぇっ♥」

お尻も俺の手も汗を湧き立たせ、お互いの肌がむっちりと吸いつくようになる。

「亜衣姉……パンツ脱いでよ」

「あ……っ♥　あ、そ、それはぁ……♥」

「じゃあ俺が脱がしてあげる」

「きょ……拒否権なんかないじゃないの……っ♥」

そんな言葉も、どこか嬉しげだ。

俺は汗を吸ったTバックを、亜衣姉のお尻から引き抜いていく。

剥き出しになったお尻が目の前に迫り、そして谷間から覗けるアナルは――。

「ヒクヒクしてる……」

「い、いちいち言わないの……っ、恥ずかしいのよぉ……っ、くふ、くふぅぅ……っ♥」

亜衣姉の言葉とともに、アナルはさらに震えた。

汗ばんだお尻の真ん中で、まるで俺を誘うように蠢く。

「み、見ないで！　もう見ないで！」

「やだ」

「やだって……アンタ、子供じゃないんだから……！」

「亜衣姉、俺のオンナになるって言ったじゃん」

ゴクリ……と、亜衣姉の喉が鳴ったのがわかった。

「俺のオンナらしく、俺がしてほしがってることをしてよ」

「あ……あぁう……っ♥　マサ、アンタ……本当に……しょうがないんだから……っ♥」

そんな言葉も、言い訳だと、ここまで来れば俺にもわかっていた。

俺がお願いしたから、俺のオンナになるって言ったから、そう自分に言い訳しているのだ。

そして――。

「あぁぁ……っ♥　あ、亜衣はマサのオンナです……っ、マサ、アタシの恥ずかしいお尻の穴、いっぱい見てぇぇ〜〜〜ん……っ♥」

亜衣姉が両手で、自分の尻たぶを開いた。

「お……おおおぉっ」

左右から引っ張られて、ヒクついていた肛門の皺が伸びる。

「あぁあ♥　お尻、マサが……いやらしい目で見るから……震えちゃうぅ……っ♥」

「そんなこと言って、もっと見てほしいんでしょ」

俺は敢えてそんなことを言い、挑発する。

「もっとエロいこと言ってよ、もっと俺を誘うみたいにして……エロいとこ、見せてよ」

「も、もう……っ、ほんとに、スケベなんだから……♥」

亜衣姉の声がまた弾む。

「あぁ、マサぁ……もっと見てぇっ！　亜衣のお尻の穴ぁッ♥　いっぱい見てぇっ！」

「へへへ……っ、スケベだね、亜衣姉……！」

そんな言葉とともに、俺は彼女のアナルへと、中指を突き立てた。

「はぁ……熱いよ、亜衣姉のケツ穴。指がふやけそう」

「おっおぉぉ……っ♥　おっ、おぉ……っ♥　お尻の中ぁ、掻かれちゃってるぅ〜〜っ♥」

挿入した指を鉤みたいに曲げると、背中ががくんと反らされる。

「あぁあぁんっ♥　おひりぃっ、キモチいひぃいぃい……っ♥」

じゅぶ……っ、ぐぢゅる……っ、にぢゅるぅ……っ♥

指でお尻を責めながら、口では耳を責め続ける。

「へへ……っ、ホントによかったね亜衣姉、俺、お尻の穴大好き」

「あひ……っ♥　つ、爪立てちゃ……あぁぁあ、おぉおぉんッ……っ♥」

お尻を責める手を止めないまま、俺は窓の近くのベッドに手を伸ばす。

と、置いておいた「それ」を掴み取り、亜衣姉のお尻から指を引き抜いた。

ぢゅぽ……っ！

「ま、マサ……？」

思わずこちらを振り返り、亜衣姉はその目を大きく見開いた。

俺の手には、球体が数珠のように連なったアイテムが握られていたのだから。

「行くよ、亜衣姉」

「ちょ、ちょっと待っ、マサ、それ……っっ!!」

亜衣姉の声を無視して、俺はローションを絡めたアナルビーズを、彼女の尻穴へとねじ込んだ。

ずぶっ、ぢゅぶうぅぅうぅうぅ～～っ!!

「あおぉおぉんッッ!!　なっ、なにッ、へ、変なのッ♥　変なボコボコぉおぉっ♥」

指より太くて、長さもあるそれを、亜衣姉の肛門は難なく呑み込んだ。

「あ、アンタそんなもの……っ、だっ、出し入れらめぇぇぇ……っ♥」

ぢゅぽん……っ♥

球体のひとつをゆっくり引き抜くと、亜衣姉が嬌声を上げる。

「ひぐぅっ、く、こ、こんな……そんな、いきなり……だしちゃ……らめぇっ!!」

ぐぢゅにぢゅ……っ♥

今度は押し込む。

亜衣姉の肉厚な肛門が、球体に巻き込まれて内側にめり込んでいく。

「マサ……あぁあぅっ♥ こんなのぉ……っ、い、イヤぁんッ♥」

また引き抜くと、肛門が一気に盛り上がる。

その淫猥な光景に、俺の下半身はもう、ガマンできないほどに昂ぶっていた。

今すぐに亜衣姉の肛門に俺のモノをぶち込んでやりたい。

でも……でもまだ……!

「ケツのヒクヒクが大きくなってる……気持ちいい？」

自制して、なおも彼女の耳を責める。

「あッ、あっ、出し入れらめぇぇっ♥ なッなにも言えなくなっちゃううううぅッ♥」

「気持ちいいかどうかくらいは言えるでしょ、ほらっ」

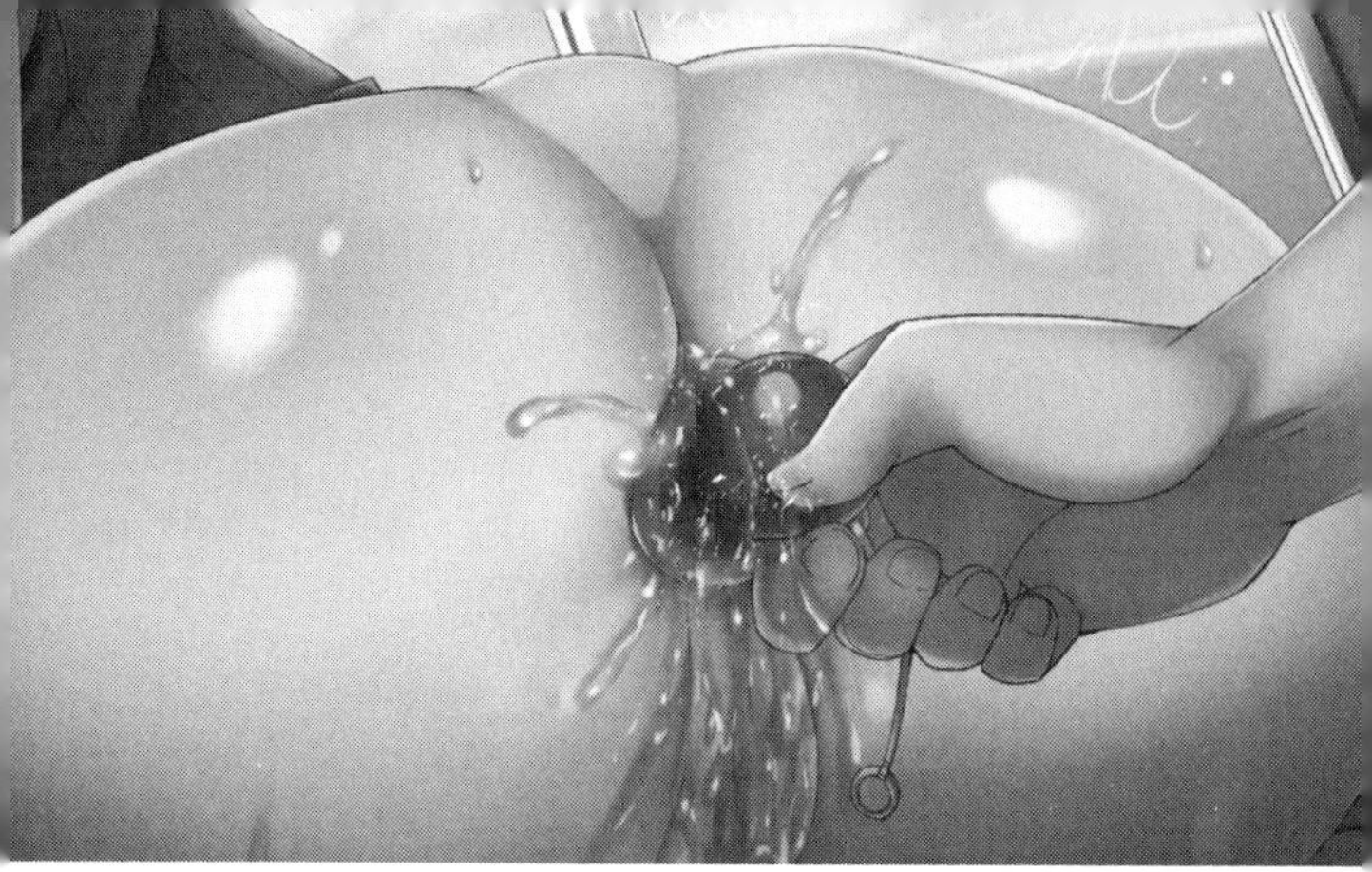

ぢゅぼ……っ、ぐぢゅぶ……っ、ぢゅぼ……っ!!

何度も何度も、大きめの球体の出し入れを繰り返す。

「どうなのってば、ねぇっ！」

ぐっぢゅぅうぅうぅうぅっ!!

「きぃっ、気持ちいいわよぉ〜〜っ！　たまんないぃっ、お尻気持ちいいのぉ〜〜っ♥」

亜衣姉は身体をくねらせながら、俺へと振り返る。

「で、でも……オモチャなんて……そんなの、入れるなんてぇ……」

「え、チンポがよかった？　指の次は……俺のチンポだと思ってた？」

「それは……！　ちっ違、やっぱり違う……っ」

恥じらいに、亜衣姉は大きくかぶりを振る。

「ほんっとに亜衣姉、可愛いなぁ！」

限界まで玩具を突き込んで、そのまま振動させるように上下に揺らす。

「イく、い、イっちゃううぅっ♥　お尻でッ♥　オモチャで♥　イっちゃうぅぅっ♥」

玩具を握る手に力を込め、思いきり引き抜く。

「ほら、イけ……っ、亜衣姉、ほら、ほらほらっ！」

ぐっぽおおぉおぉ……っ!!

「イっ、イくッ、お尻でイくううぅぅーーーーーーっ!!」

がくんッ！

ビーズが抜け落ちるのと同時に、亜衣姉が全身を激しくわななかせた。

「は……へへへ、イっちゃったんだ、亜衣姉……」

「あう……っ、うぅう、うぅ、あぁあぁ……ん……♥」

亜衣姉は嬉しそうな声を上げつつ、その肢体をぴくぴくと震わせている。

なんだかものすごく嗜虐的《しぎゃくてき》な気分になる。

もっともっといじめたい。

亜衣姉を、亜衣姉のケツ穴を……もっと自分のモノにしたい。

このメスが……もっと俺の手でおかしくなっていくところが見たい。

力の抜けた亜衣姉の身体をひっくり返し、ふたつの穴が丸見えになる格好にさせた。

「亜衣姉のお尻の穴、まだヒクヒクしてるよ。おまんこからもマン汁垂れてるし……」

「くうぅぅ……っ、だってマサが……あ、あんなに……するから……」

「あれじゃ足りないよね？　もっとお尻、いじってほしいでしょ？」

「そ、そんなこと……！」

首を横に振る亜衣姉のお尻を、俺は叩いた。

「あっ、あひっ♥」

「ホントのこと言って」

「あぁう……っ♥　う……っ、そ、そうだよ……マサに、お尻、いじってほしい……っ♥」

平手打ちされ、亜衣姉が本音を吐く。

「マサに……もっとお尻いじめてほしいのッ♥　亜衣のアナルを……マサの好きなようにしてっ！　お願いぃっ♥」

「……亜衣姉……ホントにスケベなんだな」

いつもチャキチャキとしていて姉御肌で、しっかり者の亜衣姉が、こんな本能剥き出しのメスとしての姿をさらけ出してくれる。

ずきずきと疼く股間を押さえつけながら、俺はまた枕元を探った。

取り出したのは、先端にフックのついたゴムバンド——とでもいうべき器具。

肛門の縁に引っかけ、もう片方の端を亜衣姉の腰に取りつけたベルトに固定する。

「お……お尻、引っ張られる……っ、ひ、開いちゃぁう……っ！　あぁ、あぁっ、丸出しになっちゃううぅぅぅ〜〜〜〜っ‼」

よがり狂う亜衣姉の、その広がった穴を、俺は観察した。

「う……っ、亜衣姉の直腸、丸見えだよ……すげぇ……」

彼女が呼吸をするたび、真っ赤な腸壁がうねうねと蠢くのが見える。

さっきまでの行為の余韻か、これからへの期待か、息づく肉襞は、ねっとりと粘液にまみれていた。

「あはぁ、マサ……アタシをどうするつもりなの……っ♥」

恥じらいと、そして悦びに、亜衣姉は身体を震わせている。

そんな姿に、嗜虐の欲求が俺の背すじを駆け抜けた。

「期待してるんだ。やっぱ亜衣姉って、マゾだよね」

「うくぅ……っ、それは……マサが……あひぃっ!?」

バチィンッ！

さっきよりも強い力を込めて、お尻を叩く。

「俺のせいにすんなよ。亜衣姉がしてほしいんでしょ？」

「ま、マサ……そんなこと、言っちゃ……あうっ！」

バッチィンッ！

「イヤぁ、やめてぇ、いや、痛いのはイヤだよぉ」

「それもウソ。今、亜衣姉のケツ穴の中、ぐぅってうねったの見えた」

「そ……それは……」

「また言い訳探してるの？　そんなのいらなくない？」

パァンッ‼

「いぁっ、痛っ、あぁ、あぁぁあぁあぁ〜〜〜っ♥」

「ほら、またうねった……亜衣姉はドマゾの変態なんだからさ、認めちゃえばいいじゃん。ウソついたり、人のせいにしたり、そーゆーのいいから」

言葉で追いつめつつ、なおもお尻を叩き続ける。

「ほら、亜衣姉はなんなの……？」

「あぁ……あぁぁあっ、亜衣、マゾなのぉ……っ♥　イジめられて……感じるぅぅっ♥ド変態なのぉっ♥」

「へへ……認めた。可愛いよ、亜衣姉」

俺が言うと、その顔はさらに悦びに蕩けた。

より以上、彼女を愛したくなって、俺はまた別な道具を取り出す。

「亜衣姉……もっと俺好みのケツマゾ女にしてあげるからね」

独特の形をしたそれを二本、ぽっかり開いたアナルに近づけて――。

ぐぢゅずじゅじゅぶぢゅぢゅぅぅうっ‼

三角錐――というより、ドリルのような形状をしたバイブを二本、同時に突っ込まれて、亜衣姉は悶絶した。

「お、お尻の中っ、ぐちゃぐちゃになっちゃううぅうぅッ!!」

「へへ……亜衣姉のケツに入れたいって思ったオモチャ、大量に買ってきたんだよ！」

ドリルの側面には、不規則に突起がついている。

それが腸壁をランダムにえぐる刺激が、亜衣姉に悲鳴を上げさせた。

このままフルパワーでスイッチを入れて、イかせまくるのもいい。

「亜衣姉のケツの中の感じるとこ、チェックしてあげるから……ほら、こことかどう？」

取り敢えず、腸壁の適当なところにバイブの先端を押しつける。

「さ、先っぽっ、押しつけちゃ……んんん～～～ッ♥」

「うーん、いまいちかな……ここは？」

反応を確かめつつ、あちこちをいじる。

「いやぁっ、お尻の中、引っ張っちゃ……あぁぁあぁん……ッ!!」

亜衣姉の敏感なお尻は、どこをいじってもそれなりの反応が返ってくる。

でも、アナルビーズを思いっきり突っ込んだときみたいな大きな反応は引き出せない。

「……あ。ここどかどう？」

「あぁっ、あぁぁあぁあぁあぁんッッ♥」

少しバイブを浅くして、肛門付近を出し入れすると——亜衣姉の声が大きくなる。

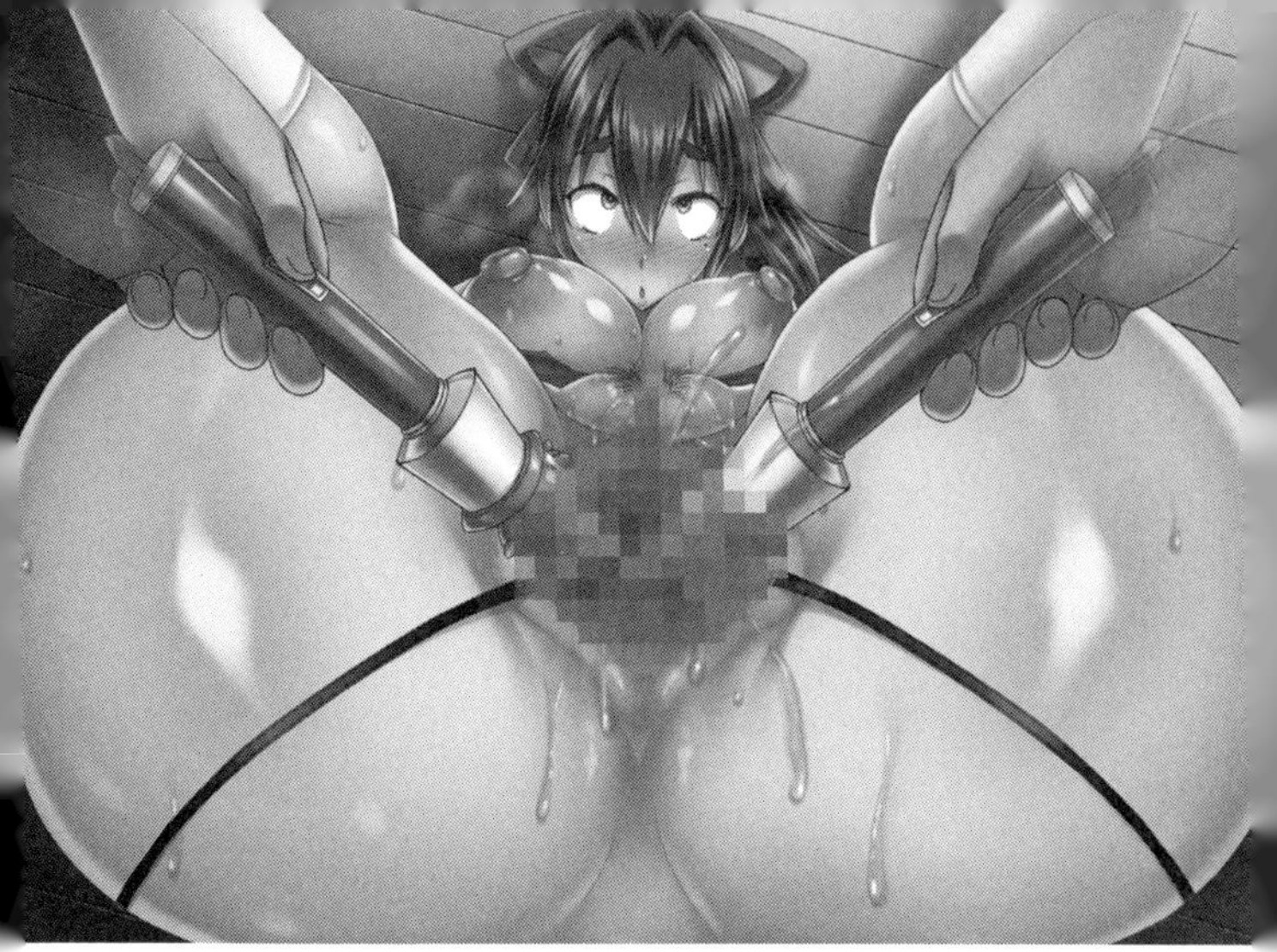

バイブを二本まとめて肛門から引き抜くと、亜衣姉は足をじたばたと暴れさせた。

その反応が逃げないうちに――。

ずぶっ、ぢゅぶっ、ぢゅぶうぅうぅっ!!

二本同時に、勢いよく突き入れる。

腸壁から、ぢゅわりと汁が滲んでくるのが見えた。

その反応をより引き出すように、もう一度バイブを引き抜いて――。

ずっ、ぢゅぶぢゅううぅうぅうぅっっ!!

そしてまた、一気にぶっ挿していく。

「ひっひぐぅっ、おぉんッ♥ お尻の入り口、ジンジンして……っ♥」

「亜衣姉のケツ穴、俺が工事してあげるから。気持ちいいとこ、全部開通させてあげるよ」

俺の提案に、亜衣姉の身体がぷるぷるとわななく。

「こ、工事ぃ……っ、さ、されちゃうぅ♥　アタシ……っ、マサに、気持ちいいとこ全部バレて……ッッ♥」

ぢゅぐ……ぢゅぐっ、ぬぢゅぐ……っ、ぢゅぶぅ……っ！

今度は反対に、ゆっくり奥までを、バイブの表面で腸壁を撫でながら探ると、亜衣姉は嬌声を上げながら身体をよじる。

「あひゃっ⁉」

びくびくびくんッ。

――ここだ！

奥の壁の右側を突いたとたん、亜衣姉の身体が鞭で打たれたみたいに震え上がった。

「ここか……♪　亜衣姉の弱いとこっ♪」

「そっ、そこほぉおぉッ♥　へんッ♥　変なのぉおおおぉッッ‼」

感電でもしたみたいに、亜衣姉の肢体が痙攣する。

「おっ、押さないでへぇぇぇッ♥　あっ亜衣のケツ穴おかしくなっひゃうぅッ♥」

そんなことを言われても、ここでやめるわけがない。

「イって！　ほら、ほらほらほら！」

「い、イくうぅうぅうぅーーーーっ‼」

ビグンッ‼

亜衣姉の絶頂で肛門が強く収縮して、バイブが激しく揺れ、俺の手を離れてしまう。

「あはぁ、お尻の……奥ぅ……♥　奥で……イっ、ちゃった……あぁぁ……♥」

恍惚とした顔で、亜衣姉がもらす。

「亜衣姉……すっかりアナル大好きのケツマゾ女って感じだね」

「あ、アタシは……アナル大好き、ケツマゾ女……れふぅ……♥」

嬉しげに、自分で認めてしまう。

「へへ……そんな亜衣姉にご褒美あげるよ」

俺はアナルバイブの、また別なスイッチを入れた。

「ひぎッひッひいいぃいいぃいぃいぃーっ‼」

また彼女は大きく身体を震わせた。

二本のバイブがそれぞれ回転し、腸壁を責める。

ぢゅっ、ぢゅぶぢゅぶぅううぅうぅ〜〜〜っ‼

スイッチを入れたまま、バイブをさっき見つけた亜衣姉の弱点にまで、突き入れた。

びくんッ！　ビクビクビクビク……っ‼

「お、おひりぃ、ほぉんなに、きもひ、いい……なんへぇ♥」

絶頂に達した亜衣姉を休ませることなく、ドリルバイブで責め続ける。

「あぁッ、そッ、そこも弱いのぉおッ♥　しッ、死んじゃうぅッ♥」

「ああ……ケツ穴工事楽しいなぁ……マジで興奮するっ♪」

激しく回転するドリルバイブの先端を、彼女の弱点に容赦なく押しつける。

「あーーイくぅッ♥ あぁあーーイくぅううッ♥ イっちゃうぅうーーーーッ♥」

絶頂を迎えた亜衣姉の四肢が、大きく反り返り、痙攣する。

そんな淫らな様子に、俺の股間ははち切れんばかりに勃起していた。

そろそろ……いいかな……。

こんなに腸汁まみれで、充血しまくりの肛門なら、このメインディッシュも入るはず。

「亜衣姉……これからが本番だから」

「ほんば……ん……？ って、え……っ、ちょ、ま、待って……そ、それ……まさか……

それを……入れるの……っ？」

俺が手にしたモノを見て、亜衣姉が青い顔になる。

でももう逃がさない。後には引けない。

「行くよ……ほらぁっ!!」

ぢゅぶぢゅぶぢゅぼおおおおぉぉ……っ!!

「お、おほォ、おッ、おおおぉおおぉ〜〜〜〜ッッッ!!」

ねじ込まれた極太バイブに、亜衣姉が絶叫する。

「お、おなが……っ、い、いっぱい……っ、ま、マサぁ……っ、ふ、ふとすぎ……っ、これぇ、太すぎぃいぃい……っ♥」

悶絶する亜衣姉に追い打ちをかけようと、俺はスイッチを入れた。

ヴィイイイイイイイイィィイィーーーーーーッ!!

超強力なモーターと、人間の腸に馴染む形を研究されたアナル専用のバイブ。

それが今、俺の目の前で亜衣姉の内臓を責め立てていた。

ただ、よがり狂う彼女の姿に、俺の喉からは感嘆の声がもれる。

「すげ……っ、すげぇ、亜衣姉……すげぇっ」

振動を止めないままバイブを引っ張り上げると、肛門がまるで山みたいに盛り上がった。

「ほら、亜衣姉の肛門絡みついてきてんじゃん……！　これでイきたいんだ。ぶっといバイブでアナルアクメしたいんでしょ⁉」

ぬぢゅぢゅ……っ、ぢゅぐうぅぅ〜〜〜っ♥

言葉で攻めながら、ゆっくりとバイブを引っ張り続ける。

肛門付近は、さっき見つけた亜衣姉の弱点のひとつだ。

それをこんな太いもので拡げられるのはさぞ気持ちいいに違いない。

「ケツ穴気持ちいいって言ってみろよ！　極太バイブ最高ですって！」

どこまでも乱れる亜衣姉の姿を見て、俺のなかに眠っていた加虐性が目覚めていた。

亜衣姉を責める、淫らで勝手で強い言葉がいくらでも出てくる。

一方、彼女のふたつめの弱点である結腸近くの壁も、先端でゴツゴツと突いていた。

この太いバイブなら、ふたつの弱点を同時に責めることができる。

さらには振動まで加わるんだから、亜衣姉の得ている快感はどれほどのものだろう。

なんせ俺の手首くらいある太さだから、ひと突きするたびに起こる衝撃も、半端なものじゃない。

「ふ……ッ、太すぎるぅうぅッ♥　こッ、肛門ッ、開きっぱなしになっちゃうぅッ♥

極太バイブでスケベなケツ穴にされちゃうのぉおッ♥」

「ぶっといので犯されたかったんだろ？　ケツ穴こうしてメチャクチャにされたかったんだよなぁ？」

「そ……ッ、そうなのぉおッ♥　ケツ穴ぁ……メチャクチャにしてほしかったのぉッ♥」

「ほんと、変態のケツマゾ妻だよなぁ、亜衣姉は」

「あぁ……ッ、亜衣はぁッ変態のケツマゾ妻ですぅうッ♥　お尻の穴ほじってぇッ♥　ぐちゃぐちゃに犯してぇッ♥」

腸液や愛液を振り飛ばしながら、亜衣姉は俺の言葉にただ、頷く。

「く……くるぅ、またアクメきちゃううぅっっっ♥」

「ははっ、またイくのかよ！　マゾ豚だね。アナル大好きなケツマゾ豚ッ」

亜衣姉はどこまでも俺の嗜虐欲を受け入れて、どこまでも淫らなオンナになっていく。

「……おらッ！　イケッマゾ豚！　ド派手なケツマゾアクメ、キメろよッ!!」

ぬぶぢゅぶぢゅぶぐぢゅううぅうぅうッ!!

ビクンッ！　びくびくびくびく……っ!!

「ケツマゾアクメギメぢゃううぅーーっ！　イくのとまらないぃーーーーーッ!!」

亜衣姉が身体を大きく痙攣させた瞬間、肛門が激しく蠢いた。

咥え込んでいたバイブが弾け飛んで、ごろりとベッドの上に転がる。

「はぁあぁ……っ、あ……っ、は、あはぁ……っ、はひぃ……っ、はぁ……っ」

亜衣姉は息も絶え絶えになりながら、それでも肛門をぽっかりと開き、汁まみれで震える腸壁をだらしなく晒していた。

「ま……マサ……あ、あらひ……あぁ……っ♥」

しかし気持ちよさげに喘ぐその顔は、まだ先を——俺に犯されることを望んでいた——。


「マサ……こ、これでいいの……？」

亜衣姉は俺に言われるまま、ベッドの縁に足をかけてお尻を突き出した。

お尻を高く持ち上げた格好のため、でっかい尻たぶも濡れて開いてるオマンコも、これから犯されるアナルも丸見えだ。

「すっげえエロいよ……みっともなくて、ドスケベで……亜衣姉は最高のオンナだね」

「んんぅ……っ♥ そんなふうに言われたら……身体が勝手に……喜んじゃって……♥」

喘ぎにあわせ、剥き出しになったアナルが震える。

「はは……ケツの穴がもう、セックスモードって感じ」

そんな責めの言葉に、今度は尻穴を含めた全身が震えた。

「あふ……っ♥ 身体が反応しちゃう……本当に、マサのオンナになっちゃってるぅ♥」

すっかり従順になったその様子に、俺も相好《そうごう》を崩《くず》してしまう。

「じゃあ、俺のオンナの亜衣姉にさっそくお願い。ケツの穴、もっとちゃんと見せて」

「も、もっと……？ もう、見えてるでしょ……？」

「ううん、今は亜衣姉のでっかいケツ肉でちょっと見えない」

「あ、アタシに……とことん、恥ずかしいことさせる気なんだから……っ♥」

そんなことを言いつつ、オマンコからはドロリとした愛液を垂らしている。

「お願い。見せてよ」

「はぁ……わ、わかった……あぁ……っ、み、見てぇ～～っ!!」

くぱあぁあぁあぁ……ッッッ!!

亜衣姉が、自分の両手で尻たぶを押さえつける。

お尻の穴が割り開かれると同時、むわりとした淫臭が立ち込めた。

「すげぇ……亜衣姉、自分でそんなケツ穴広げちゃって……変態だね」

「だ、だって、マサが見せろって言うからぁ……♥」

ぱっくりと覗けた腸壁は、淫らに蠕動《ぜんどう》していた。

もはやオマンコより淫らな尻穴は、俺の肉棒を待ち兼ねているようだ。

今すぐ入れたい……このエロすぎる穴を征服したい。

それでも必死に歯噛みする。

「亜衣姉……ほら、見える？」

平静を装いながらも、ガチガチに勃起した股間を少し振ってみせる。

亜衣姉の視線はそこに釘づけになって——。

「はぁ……っ♥　ああ……っ、ち、チンポ……マサの……ぶっといおチンポおぉ♥」

その次の瞬間、残っていた理性のひとかけらを吹き飛ばし、その顔が蕩ける。

同時に剥き出しになった尻穴も、もぞもぞと蠢きだした。

「へへ……亜衣姉、ケツ穴が疼いてるよ」

「あぁ……っ♥　だ、だってそんな……ぼ、勃起したの見せられたら……あぁ、女なら誰だって……お尻うずうずしちゃうわよぉ♥」

「……チンポ入れてほしい？　このケツの穴に」

「ほしい……っ♥　入れて、マサ……っ、ばきばき勃起チンポ、早く入れてぇっ！」

俺だって、この疼く穴を早く貫きたい。

ガマンはとっくに限界だったけれど、なおもガマンを重ね、俺はスマホを手にした。

「え……っ!? ま、待ってマサ……っ！ 撮ってるの……!? だっ、だ、ダメ！」

カメラを起動して動画撮影を始めると、亜衣姉は急に慌てた。

「ダメ？」

「ダメに決まってるでしょっ！」

そういう彼女の双眸《そうぼう》には、再び理性の光が戻っていた。

「なんで？ 恥ずかしいから？」

「そうじゃなくって……！ こ、こんなとこ撮っていいわけないでしょ！」

「大丈夫、誰にも見せないよ。俺が見て楽しみたいだけだってば」

「だ、だけど……！ やっぱりダメ！ こんな恥ずかしいの撮るなんて……！」

「亜衣姉と初めてアナルセックスするんだもん。撮っときたいんだよ。お願い！」

また、俺の口から発せられた「お願い」に、亜衣姉の抵抗は弱まっていく。

「う……うぐ……ぜ、絶対、人に見せたらダメなんだからねっ！ 約束だからね、破ったら……ゲンコツなんかじゃ済まないんだからね！」

「へへっ、やりぃ。じゃあ亜衣姉、さっそくカメラに向かってしゃべってよ」

俺のさらなる「お願い」に、亜衣姉はぽかんと口を開いた。

「え……!? しゃ、しゃべるって」

「ほら、アレ。これから俺と、アナルセックスします～みたいなことをさ」

「そ、そんなのただのAVになっちゃうじゃないのッ」

なんで知ってるんだ……？　と頭の片隅で思いつつ、俺は切り札を切った。

「言ってくれないならやめる」

と、その言葉に、亜衣姉の喉と尻がぐっと硬直した。

「チンポほしいならカメラにおねだりしてよ。亜衣姉のおねだりが聞きたいなぁ～～」

「うぐ……っ、うぅぅ……っ」

亜衣姉はしばし躊躇していたが、俺のチンポに逆らえるはずもなく――。

「マサ……お、お願いぃ♥　アタシのお尻に、ぶっといおチンポ、入れてぇっ♥」

誘うように、亜衣姉が尻を揺らす。

「亜衣のケツ穴バージン、奪って……っ♥　お、夫にも……コーさんにも入れられたことない処女穴、マサのチンポで犯して欲しいのぉっ♥」

言いながら、自分自身の言葉に興奮しているようだった。

「じゃ、じゃあ……！　このカメラの向こうに、康介さんがいると思って……なんか言ってよ！　旦那へのメッセージ！」

「マサ……酷い……♥　アタシの口から、コーさんにそんなこと……っ♥」

言葉とは裏腹に、その瞳は欲情に潤んでいる。

「あぁ、コーさんごめんなさいぃっ♥ 亜衣はぁ、あなたの妻は……っ、これからマサにケツの穴犯してもらっちゃうのぉぉ～～っ♥」

お尻を振りながら、淫らな言葉を続けた。

「も、もうガマンなんて無理ぃっ♥ マサぁっ入れて、入れてぇっ！ 亜衣のケツマンコ犯してぇっ！ マサのチンポでイかせまくってぇぇぇ～～っ!!」

その叫びが、最後の最後で踏ん張っていたものをぶっちぎった。

俺は彼女へと飛びつき、股間の荒ぶるモノを突き入れる。

亜衣姉の、今この瞬間まで確かに処女だった肉の穴を、俺は貫いた。

支配欲と、そしてそれ以上——生まれて初めて感じる、女の肛門の快感に溺れてしまう。

「いっ、イく、イくぅぅぅぅぅ、あぁぁイくぅぅうっ♥」

びくんッ！ びくびくびくんッッ!!

肢体を大きく跳ねさせる亜衣姉。

「うくぁ……っ！ ち、チンポ引っこ抜ける……！」

俺も与えられる快感に、背中を大きく反らせる。

「入れただけでイったんだね、亜衣姉……！」

「イ……っ、ちゃっ、た……♥ 生チンポ……す、すごすぎるぅぅぅっ♥ マサぁ……♥」

荒い呼吸と、俺に甘えるような声。

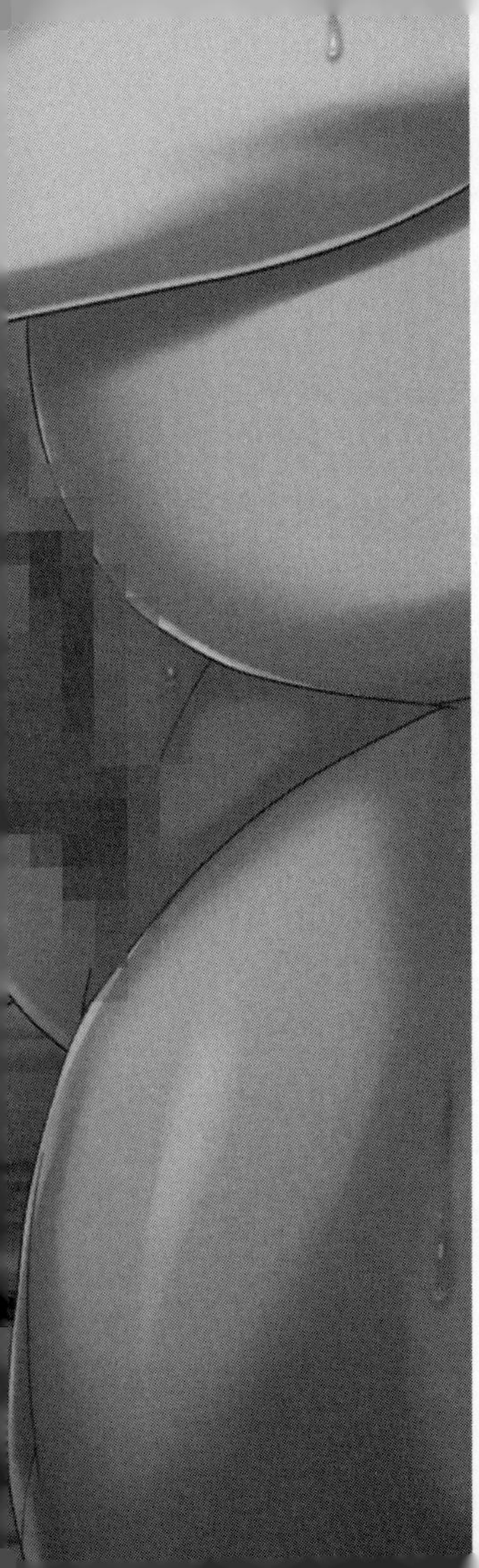

そして、挿入した肉棒を包み込む腸壁。
その全部を、メチャクチャにしたくてたまらなかった。
「あはぁ……っ、熱いよ……マサ……これが、アナルセックスなんだぁ……♥」
感激の声を上げる亜衣姉に、俺は抽挿を繰り返す。
子供の頃からの、憧れの人。
そんな女の人の、一番恥ずかしい穴を今、俺は犯していた。
それを亜衣姉も望んで、俺のものにされることを悦んでいる。
そんな夢のような状況が、俺のブレーキを焼き切ってしまった。

ぢゅぶぅっ！　ぢゅぼっ、ぢゅぼっぢゅぼぉおおぉっっ‼

腰を短いストロークで押し込むのを繰り返す。

亜衣姉は、俺に激しく揺られながら嬌声を上げた。

既に、その弱点は知り尽くしていた。

「ケツ奥手前に、亜衣姉のケツマンスポットがあるって知ってるの、俺だけだよねっ‼」

「そ、そぉ、そうれすぅぅッ♥　アタシとマサしか知らにゃい場所なのおおぉッ♥」

そんな言葉と腸壁のうねりが、支配欲をどこまでも満たしてくれる。

肉棒を半分くらい直腸から引き抜くと、媚びてくる腸壁と、つられて盛り上がる肛門が俺を満足させる。

またアナルを貫くと、すぐさま勃起がねっとり柔らかい腸粘膜に包まれる。

「おら、亜衣っ！　亜衣はケツマゾ女ですって叫べ！」

言葉とともに、お尻を叩く。

パァンッ！　ベチィンッ‼

「あひぃいんッ♥　た、叩いちゃイヤぁッ♥」

そんな悲鳴など聞こえないかのように、俺は叩き続ける。

「奥にぃ、奥に響くのぉ〜〜ッ♥　亜衣のアナルはマサ専用のハメ穴ですぅぅ〜っ♥」

「もっと……！　俺のオンナなら、俺を喜ばせろよっ、亜衣っ」

パァァンッ!!

「あっひッ♥ た、叩かれて感じちゃう亜衣のマゾケツマンコぉっ♥」

亜衣姉の腸壁は熱くうねっていた。

俺の肉棒を締めながら包むように……もっと味わいたいと貪欲に。

パァンッ!!

「あぁ、亜衣はぁ、マサのケツマゾ奴隷ですうぅっ！ ケツ叩きアナルセックスで感じちゃう、ド変態オンナなのおぉーーーーっっ♥」

「ははっ！ こんな年下の……昔っから子供扱いしてた男に好き放題されて……恥ずかしくないのかよッ」

「あぁぁッ、恥ずかしいぃっ♥ でも、マサにお尻叩かれるの……っ、叱られるのたまらないのぉっ♥」

亜衣姉の喘ぎはいよいよ昂ぶって——。

「あぁぁ、マサぁッ、アタシまたイっちゃうよぉっ♥ あぁ来る、来るよぉおぉッッ!!」

「あぁ、俺もイきそ……！ 俺の精液、ケツ穴で飲めよ……っ、飲め、亜衣ッッ!!」

俺のほうにも射精感が込み上げ、いよいよピストンを加速させる。

「来てへぇ、来て来て来てぇ〜〜ッッ♥ アナル中出し来てえぇぇーーーッッ♥」

どぶびゅぶうぅうぅうぅぅッッ!!

その瞬間、彼女の肛内《なか》で、俺のモノが爆《は》ぜた。

「あうぅうっ、おっ、お尻焼けぢゃううううぅ～～～ッッ♥」

ビクンッ！　びくびくびくびくびく……っっ!!

直腸に俺の精をぶちまけられ、肛門を震わせながら、肢体をわななかせる。

「おぉ、おなか、壊れちゃうぅ……っ、マサの精液、中に溜まってくうぅ……っ!!」

許しを請うかのような亜衣姉の肛門《なか》へと、俺はなおも精を注ぐ。

びゅぶぅッ！　どびゅッどっびゅううぅうぅっ！

「すッ、すごいッケツ穴に出てるぅッ♥　ザーメン浣腸、注がれちゃってるぅッ♥」

ビクンッ！　ガクンッ！　ガクガクガクガク……っ!!

直腸がねじれるみたいに蠢く。

俺はむしろそれに追い立てられるように腰を振った。

やがて全部出しきったと確信してから、勢いよく腰を引き抜く。

ずぢゅるううぅうぅ……っ!!

と、こちらにピンクの肛内を覗かせながら、また亜衣姉は悲鳴を上げた。

「あ……っ、れ、れちゃうぅっ♥」

なにかと思えば、その肛門の下の切れ込みから、一条の水流が噴き上がる。

じょろ……っ、ジョロロロロロロ……っ!!

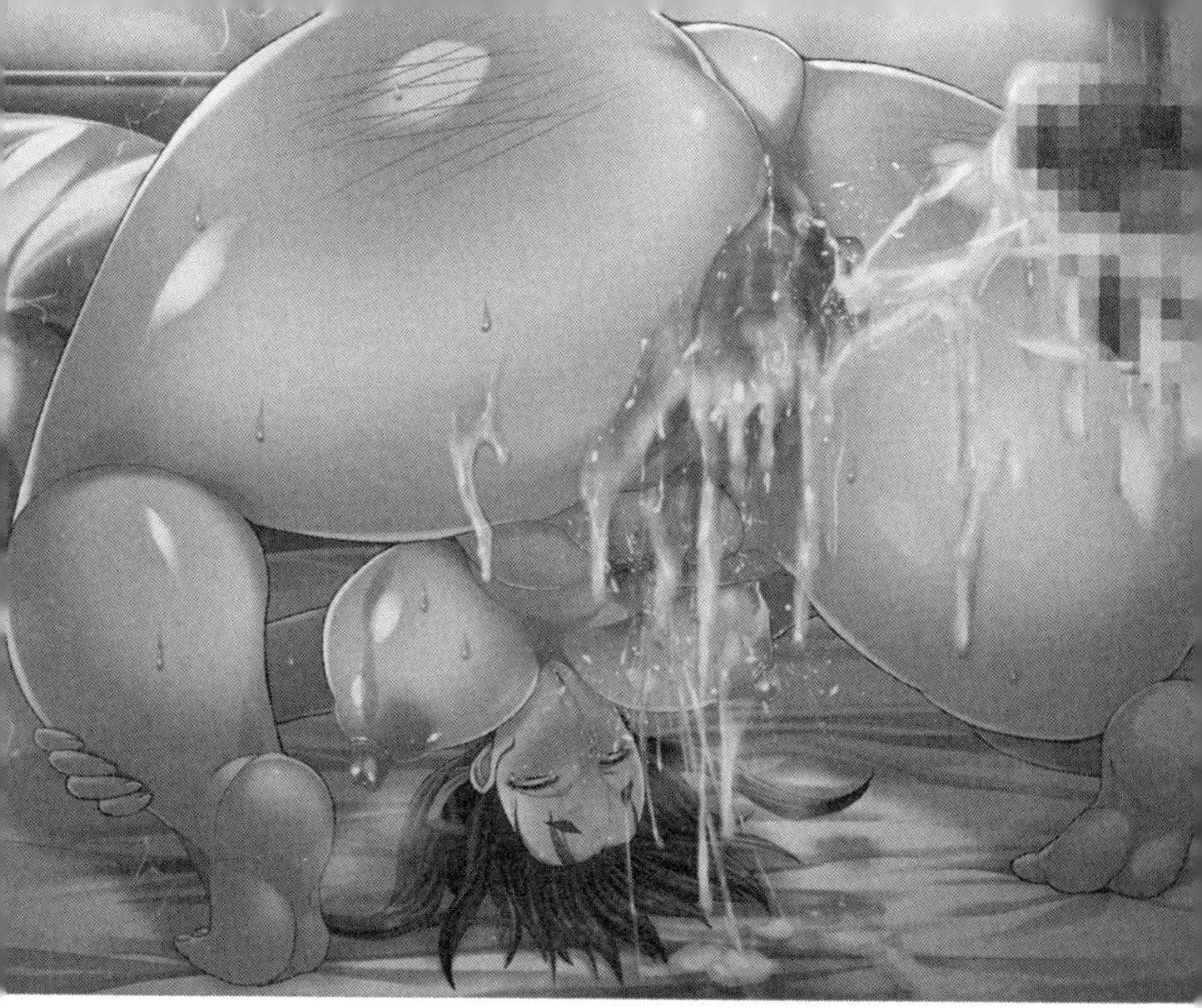

「お、オシッコ……とまんないぃ♥　あぁ……あ……きもち、イイのおおぉ～～～っ♥」

　だんだんと勢いを失い、やがて放尿が止まった。

「へへ……またオシッコもらしちゃったね、亜衣姉」

「あふぁぁ……っ、だ、だって……きもちよすぎて……力、抜けちゃって……ああぁっ♥」

　失禁した亜衣姉を見下ろしながら、俺は彼女へと囁く。

「これからは……マンコだけじゃなくてアナルもいっぱい犯してあげるよ」

「うれし……あぁ……マサ……♥」

　亜衣姉は、蕩けた悦びの顔を返してくれた——。

第三章 世話焼き奥さんで人の頼みを断れない亜衣さんにお願いして家族団欒の中で手コキをしてもらった

夕暮れ時の街。

大学からの帰り道、俺は聞き覚えのある声に呼び止められた。

「正人君。学校帰りかな」

振り返ると、そこにあったのは見知った顔。

「あ、はい。康介さんも……仕事帰りですか？」

そう、亜衣姉の旦那さんで、いつも温厚な、俺のお隣さんだ。

「うん、今日は予定より早く終わってね……もしよかったら、どこかでお茶でもしていかないか」

「お茶……ですか？」

ふと、警戒心が頭をもたげる。

「ちょっと男同士、腹を割ってこう」

いかにも人のいい風貌についつい油断していたけど、もしかして亜衣姉のこと、気づかれたりしてるのか……？

「ん？　都合悪いかな？　だったら無理しなくてもいいよ」

「ああ、いえ……そんなことはない、ですけど……」

「そうかい、よかった。正人君と話すのは楽しいからね、ゆっくり話してみたかったんだよ、あはは」

朗らかに康介さんは笑う。

安堵の気持ちと、それと一割ほどの疑心暗鬼とともに、俺は康介さんに連れられてカフェへと入った——。


「どう、日々の生活は。ひとり暮らしは大変じゃない？」

「なんとか……亜衣姉も助けてくれるし、困ってはないです」

「はは、それはよかった。学校はどう？」

「そっちもなんとか。授業にはついていけてるし、最近講師のクセなんかもわかってきて楽しいです」

人のいい笑顔の康介さんと、俺はしばし世間話をしていたが——。

「亜衣ちゃんもよく君のことを話してるんだ」

その名が出てきて、俺は少しドキリとする。

「弟みたいな君のお世話ができて楽しいんじゃないかな。世話焼きだからね」

そんな話に笑顔を作りながら、俺は内心で謝罪する。

康介さん……亜衣姉は、俺の上に跨がって、嬉しそうに腰振ってたんだよ……。

穏やかな笑顔を見るたび、しかしその感情はさらにどろどろしたものに変わっていき——。

亜衣姉、ドスケベだよね。がっついちゃってさ。康介さんじゃ、満足できてないのかもね……。

泥みたいなものが、血流に乗せられて全身を駆け巡る。

考えていることを今、全部この人に言ってしまったらどうなるのか。

この底抜けにお人好しな旦那さんの、怒りや悲しみに狂う顔が見られるのか。

と、そのとき。

「きゃーーっ！　ママ、ママぁ！　ちえのジュース取っちゃやだぁーーーっ！」

真っ黒に染まりかけた感情を、他の席から聞こえてきた子供の声が掻き消した。

見れば小さな子が、母親の周りをぐるぐる回っている。

「あっはは、元気だねぇ」

相変わらず、康介さんは呑気に笑うのみだ。

「そういえば……康介さんと亜衣姉は……」

ふと湧き起こった疑問を口にしようとして、途中で言葉を切ってしまう。

「……はは、今、正人君が言いかけたことを当ててあげようか」

「えっ！　えっいや、す、すみません」

「いやいや、いいんだ。気になるよねぇ」

康介さんは苦笑した。

「僕も亜衣ちゃんも、望んでるんだけどね。なかなか恵まれなくて」

人がよくて、それでいて気遣いもできる康介さんに、俺の胸にはただ、罪悪感だけが残る。

「どうにも僕がね、調子が悪いんだ。検査にも行ったんだけど……できにくい体質っていうのがあるみたいで。可能性が低い、って話ではあるんだけど」

笑顔のままの告白に、俺も驚いた。

「まったく絶望的ってわけじゃないんだけどね。お医者さんが言うには、同じ体質でも簡単に乗り越えられる夫婦もいるみたいだし」

「すみません……いやほんとに……」

すごく個人的で、大切なことを暴露させてしまった。

この言い方だと、要するに実際にはかなり望み薄ってことのようで——。

ドキン……。

俺の心臓は早鐘を打って、奇妙な興奮状態にあった。

「亜衣ちゃんは頑張ってくれたんだけどね。周期をつけたり、食事に気をつけたり……でも、僕のほうがダメとあっちゃね……って、ごめんねこんな話」

「え……と、それじゃあ、もう子作り……は」

申し訳ないと思うのに、つい下世話な質問をしてしまう。

「最近はなかなか……結婚して三年経ったせいもあるかな。本当に、たまーにかな……」

俺はついつい、意味もなく何回も、飲み物を口に運んでしまう。

いくら飲んでも、口の中がカラカラだった。

俺のなかにあるのは、単純な罪悪感だけではなくなっていた。

康介さん、亜衣姉はついこの間も、俺とセックスしてたんだよ。

多分最近は……アンタよりも俺としてる。

「そ、その、後学のために聞きたいんですけど」

口からはそんな言葉が吐いて出た。

「女の人って……そういうので、満足っていうか……ど、どうなんだろ。たまに、っていうので……う、浮気とか」

「あっはは！　ないない」

康介さんは、本当にまったく気にした様子もなく、あっさり笑い飛ばした。

「いや、女の人の気持ちなんて完全にはわからないけどね。亜衣ちゃんの考えははっきりわかるよ、そういう人じゃないからね」

俺には、返す言葉もなかった。

「なんていうのかなぁ、夫婦ってね、単純に身体の結びつきや、婚姻の契約ってだけじゃないんだ。いっしょに暮らす上での支えあい、信頼関係があるんだよ」

人のいい――しかし事実を考えれば薄っぺらな言葉だ。

「こればっかりは、実際に誰かとそうなってみないとわからないかもしれないね。結婚前は、ちょっと嘘くさく感じるかも」

「い、いやそんな！　ウソだなんて思ってないです」

慌てて首を横に振る。

「奥さんは絶対身持ちが固い、裏切らない、なんていうのは都合のいい考えだろうけど、でも、亜衣ちゃんは大丈夫」

康介さんはいい人だ。

でも……その自信は、どっから湧いてくるんだろ。

底意地の悪い気持ちが溢れ出す。

この人は、亜衣姉を自分のものだと信じてやまない。

そんな自信を持つくらい、亜衣姉といっしょに過ごしてきたんだ。

――俺のほうが、先に好きだったのに。

そんなガキっぽいことまで考える。

トータルすれば、俺のほうが亜衣姉といっしょに過ごした時間は長い。

康介さんよりもずっと、亜衣姉のことをわかってる。

わかっている、こんな幼稚な感情は、康介さんに対する嫉妬だって。

でもそれは、簡単には掻き消せるようなものでもない。

俺は笑顔を作ったまま、康介さんと別れた——。


「亜衣姉、いるー？」

俺は隣のドアに向かって呼びかけた。

「お、どうしたの。今日大学は？」

出てきたのは、いつもの表情の亜衣姉。

——康介さんと話した翌日。

俺は胸のモヤモヤを晴らすため、またしても自主休校したのだが——適当にその辺りをごまかして説明すると、亜衣姉はなんの抵抗もなく俺を部屋に上げてくれた。

「昼はチャーハン作ろうと思ってたんだけどね、アンタ、どれくらいお腹減って——」

いつもどおり、俺の世話を焼こうとする亜衣姉の背中から、俺は手を回した。

「きゃっ⁉」

可愛らしい声を上げる彼女を、俺はがっちりと抱きしめる。

「亜衣姉……好き」

「え……っ⁉　ど、どうしたのマサ……」

「俺、亜衣姉のこと大好き」

「だからホント、どうしたの急に……嬉しいけど……」

戸惑う様子すら愛おしい。

「亜衣姉のこと好きすぎて……もう、なんか、たまんねーって感じになっちゃってる」

俺は抱きしめた腕に力を込めた。

衣服越しにも、上昇していく体温が感じられる。

「全部。亜衣姉の全部、俺のものにしたい。亜衣姉の奥の奥まで、俺の女にしちゃいたい」

「ぜ、全部って……アタシはもう、マサの女だよ……」

「まだ全部、俺のものにしたわけじゃない」

「あ……っ、いや、やだ……マサ……」

顔を逸らそうとする亜衣姉を視線で縛り、それを封じた。

「ゴムなしで……ナマでやりたい。なにもつけないで、亜衣姉にハメたい」

俺の本音に、さすがに亜衣姉はためらった。

「あ、アタシは、コーさんの……奥さんだから……」

「だけど、俺のオンナだ」

「あぁ……っ、だ、だからって……！」

拒もうとする唇に、強引にキスをする。

「んっ、はふぅ……っ！」

舌を吸いあう。

お互いの舌の味をわけあって、蕩けていく。

たっぷりねっぷり、舌での快楽を味わった後に。

「お願い亜衣姉……亜衣姉の全部を、俺のものにしたい。本当に……俺のオンナにしちゃいたいんだよ」

真っ直ぐ見つめながら、本心を口にする。

「……でも、アタシ……それでも、コーさんの奥さんで……あ、あの人の、こと……」

その言葉に、ちくりと胸の痛みを覚える。

「それでもいいんだよ。それでも俺のモノになってよ」

俺はその痛みをごまかすように言い切った。

「亜衣姉にナマでハメたい。亜衣姉の中に出したい。オマンコの奥の奥まで……俺の精液で染めたいんだ」

「ま、マサ……アタシ……」

また亜衣姉の瞳の中の光が揺れる。

それが今では、心の揺らぎをはっきり反映していると俺は知っている。

「お願い亜衣姉。康介さんの奥さんのままでいいから、俺の妻になって」

揺らめきを射抜くみたいに、真っ直ぐ見つめる。

「あぁ……っ、あ……そんな……そんなにお願いされたら……アタシ……」

亜衣姉の呼吸が荒い。

僅かも視線を逸らさずに、見つめ続けていると。

「あ、あぁ……なる、なるぅ……♥　アタシぃ……マサの妻になるぅうぅ〜〜〜っ♥」

その宣言に固唾《かたず》を呑み込みながら、俺は返した。

「亜衣姉の全部、俺のものにしちゃうよ。ナマでハメるよ？」

「亜衣の全部、マサのものにしてぇ……♥　おチンポ、ナマでハメてぇっ♥」

情欲が理性を乗り越え、唇から溢れ出した。

「今まで以上に犯しまくって……ナマで出しまくっちゃうよ。十代男子の性欲ナメんなよ」

ちらっと康介さんのことを脳裏に思い浮かべながら、俺もまた、宣言する。

「あ、あぁ……好きにしてぇっ♥　あ、アタシはもうマサのオンナぁ……っ♥」

たまらず、その口腔を、また奪った。

んぢゅぶ……っ♥

俺の顔を両手で掴み、亜衣姉も夢中になって舌を絡めてきた。

そんな彼女を抱きしめながら、俺は足を寝室へと向けた——。

「……亜衣姉と康介さん、いつもここで寝てるんだ」

無理を言って夫婦のプライベートに踏み入り、さらに問い詰める。

「ここでセックスとかもしたんだ？」

「もう……っ、そんなこと、言わないでぇ……」

顔を赤らめながら、亜衣姉も言い返してくる。

「でも……こ、ここのところは……ずっとなかったし……」

前に彼女が言っていたことと一致する。

昨日、康介さんも似たようなことを言っていたし。

つまり、この部屋はもう、寝るだけの場所になっているわけだ。

「じゃ、ここ亜衣姉と俺のヤリ部屋にしちゃおっか」

「あ、あうぅ……♥　そんなの……あ、あの人に……申し訳なさすぎるぅ……♥」

しかしその言葉にも、どこか甘い響きが混じっていた。

「亜衣姉は俺のオンナでマンコ妻だからね、拒否権なんかないよ」

「はい……っ♥　あ、亜衣はぁ……っ、マサのオマンコ妻ですぅ……っ♥」

嬉しげに頷く亜衣姉を、俺はベッドに押し倒した。

「……マサ、これって？」

俺の下になった亜衣姉が手を伸ばし、俺の前髪を掻き上げた。

「これ……この傷……」

子供の頃についたものだ。

普段は前髪で隠れるし、ちょっと周りの皮膚と色が違う程度で、気になるものではなかったけれど。

「これ……昔、アタシが自転車にぶつかられそうになって……マサが守ってくれたときのだよね」

指が傷をなぞる。

「亜衣姉、覚えてたんだ」

「うん……血が出て……マサが、ちょっと泣いてたことも、覚えてるよ」

「あはは、それは忘れてよ」

「ううん……身体張って、アタシのこと助けようとしてくれたんだから……」

当時の感情が、俺のなかに蘇る。

「……うん。あのときから、亜衣姉のこと好きだったんだもん」

「マサ……ふふっ」

亜衣姉が嬉しそうに笑う。

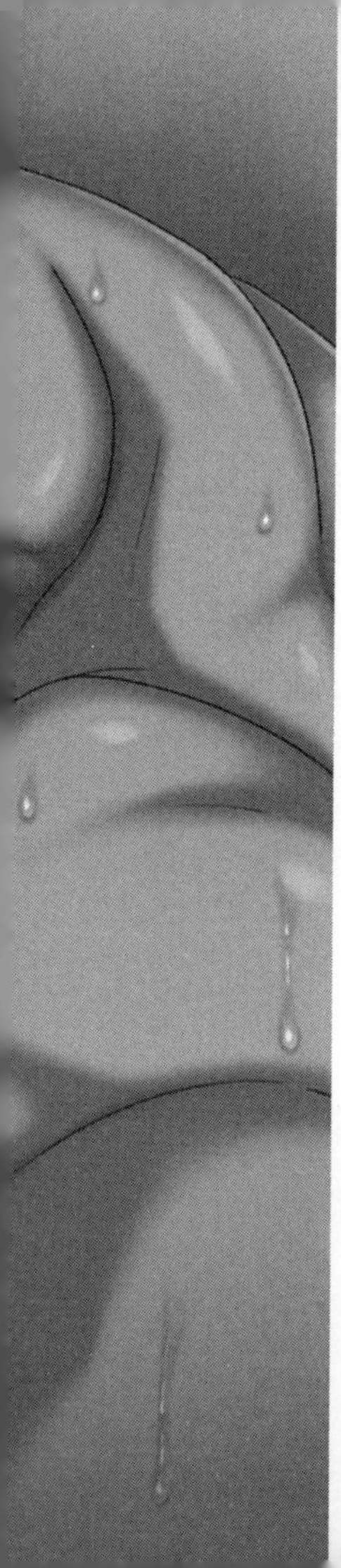

俺もつられて笑った。

同時に目の前の女性への愛しさがぐっと込み上げてきて――。

「……入れるよ、亜衣姉。ナマでハメる……全部、俺のものにするから」

「お願い……きて、マサ……」

勃起したモノを膣穴にあてがうと、そのまま一気に、腰を突き入れた。

ぢゅぶぢゅぶぢゅぶぢゅぶぅぅ……っ!!

「ああぁ　あぁああぁぁ～～～～～～ッッ！」

がくんと、亜衣姉の身体が大きく跳ねた。

「う……っ、お、おぉ……っ、すっご……これが……」

これが、ナマの感触――今まではゴムに隔たれていた粘膜の――。

熱くてねっとりした感覚に、俺は感激を覚える。

「あっ、熱いぃぃ……っ、マサのナマチンポ、すっごく熱いぃ……っ、お、オマンコの中で……燃えてるみたいぃ……っ♥」

「だ、だってすげー興奮してるんだもん……亜衣姉のマンコ、こんな感触なんだ……っ！」

生で触れあったことに、ふたりして感動の声をもらす。

「もっと……もっと言って！　ナマでハメられるの、どんな気持ち？」

「す、すごい……よ、マサ……っ、たまんない、これぇ……っ♥」

歓喜の叫びを上げる亜衣姉。

「チンポがビクビクってなってるのがわかるの……先っぽが、ぴゅくぴゅく動いてるぅ♥」

言いながら、自分自身で興奮しているようだ。

「な、ナマで入ってるマサのチンポぉ……っ♥　い、愛しくて愛しくてたまらないぃッ♥」

俺はそんな彼女をさらに悦ばせるべく、ゆっくりと動き出す。

ぐちゅ……っ、ぐちゅ、ぐちゅぐちゅ……っ！

「あんッ♥　あんっ、あっ、あぁぁ……っ♥　生チンポ……動いてるぅぅっ♥」

でも、まだあくまでゆっくりだ。

それでも膣穴の中のうねり、ざらつき、それらがダイレクトにチンポを包んできた。

少し動くだけで、うっかり射精しそうになる。

「亜衣姉……っ、亜衣姉の生マンコすごい。めっちゃくちゃ気持ちいい……っ！」

俺もまた感激の声を上げげつつ、抽挿を続けた。

ぢゅぽ……っ、ぐぢゅっ、ぐぢゅうぅっ……っ！

「あひぃっ♥ マサの生チンポ、すごくいい……っ、もっと動いてぇぇ……っ♥」

亜衣姉はそんなおねだりの声をもらすけれど、俺にはそれよりも聞きたいことがあった。

「康介さんとは、子作りしてたんだよね」

「そ、それは……っ！」

絶句する亜衣姉を、さらに責める。

「こーやって、康介さんの生チンポもマンコに入れたんだよねぇ!?」

「いっ、入れたぁあぁっ♥ コーさんとも……生セックスしてましたぁあぁっ♥」

むらむらと、いろんな感情が煽られる。

でも不愉快じゃなかった。

「じゃあ、だったら……なんでそんなに感動してんのっ。生チンポの感触、もう知ってたんだろ！ なんでこんなに感じてんだよっ」

激しく腰を突きながら、尋問する。

「だって……あぁ、コーさんのとは……全然、違ったから……太さも、硬さも……あ、熱さも……比べものにならないんだものぉっ♥」

その言葉に、俺の胸に深い満足感が湧き上がる。

「生のおチンポがこんなにすごいなんて……あぁ、チンポが生で入ってくるのがこんなに気持ちいいなんて……お、おぉ、思わなかったのぉ～～～っ！」

そんな言葉に、俺の脳内のリミッターが外れる。

生で絡みついてくる膣壁を、容赦なく突いた。

「すごいぃっ、先っぽ、子宮にめり込んじゃってるうぅっ♥ 子宮に……ガマン汁飲まされちゃってるうぅうっ♥」

「ハァッ、そうだよ……！ 後で精子も飲ませてやるからな……っ！」

俺の言葉に、亜衣姉は歓喜の声を上げた。

「だっダメなのにぃっ♥ マサの精液……飲みたいぃッ♥ マンコの奥が飲みたいって言っちゃってるよぉ……っ、あぁあああんッ♥」

求めている言葉が、その唇から紡がれる。

俺の抽挿には、よりいっそう熱が入った。

俺の求めるものを返してくれたら、ちゃんとそのお返しをする。

求めれば与えられる。

望まれれば与える。

「愛してる、亜衣……っ、俺のチンポ、好き⁉」

「はっはいぃいいぃッ♥ 大好きですぅッ‼ あ、アタシを求めてくれて……っ、気持ちよくしてくれるおチンポが、亜衣ぃ、大好きなのおぉおぉんッ♥」

「ちんぽだけかっ、俺はどうなんだッ!!」

ぢゅぶうぅうッ!!

強直が膣壁を擦り上げ、また亜衣姉の肢体が跳ねた。

「マ……！　マサが好き、マサのこと大好きぃいいっ！　大好きなマサのちんぽがだいしゅきいいいぃいいぃッ!!」

亜衣姉の両脚が、まるで俺を捕らえるかのように腰に回る。

同時に顔がぐっと近づいて、どちらからともなく口づけを交わす。

さっきよりも熱く、唾液の粘りも強い舌。

下半身だけではなく、唇と舌でも、淫猥な絡まりを深めていく。

舌を強く吸い上げると、舌から染み出た唾液が、口腔内に広がっていく。

その心地よさを噛みしめながら——。

下半身の往復運動にも熱を入れる。

膣穴に、俺の感触を覚え込ませるように、肉穴を力強く押し潰す。

「あぁあぁあんッッ♥　マサぁっ、好き、大好きぃいっ♥　愛してるのぉおぉッ♥」

その言葉に、俺の脊髄に衝撃が駆け上がる。

「ひと突きされるたびに、どんどんマサのこと好きになっちゃうぅ、オマンコだけじゃないのぉ、心も……あぁ、全部マサのものになっちゃうぅぅッッ！」

俺は亜衣姉を、本当に支配しているんだ。

亜衣姉は俺を、求めてくれているんだ。

そんな実感が、どんどん広がっていく。

ドクン……っ‼

また勃起が、ひと回り大きくなった気がする。

「拡げてやる……っ、俺のチンポ専用のマンコにしてやるからなッ‼」

もう、康介さんなんかじゃ満足できないように。

「ひぃ、拡げてぇッ♥　亜衣のマンコ、マサ専用の穴にしてぇ～～ッッ♥」

込み上げる愛しさや欲望を、暴力的にぶつける。

「ほら、謝って！　康介さんに……俺のものになりましたって、報告しながら謝ってッ！」

「あぁコーさぁん、あなたぁッ♥　ごめんなさいぃッ♥　許してぇぇぇ～～ッッ‼」

そんな贖罪《しょくざい》の言葉は、何故かどこか嬉しげだ。

「あぁアタシぃ、コーさんの妻なのにぃっ、マサのオマンコ妻になっちゃいましたぁッ♥」

「浮気だなッ、亜衣姉ッ」

言葉で責めながら、腰を突き上げると、また亜衣姉は歓喜の声を上げる。

「う……ッ、浮気ごめんなさいぃぃいぃッ♥　浮気……っ、う、ううん……違う……っ‼」

じゅわわ……っ!!

膣穴が、強く引き締まった。

「う……ッ、浮気どころじゃないぃっ♥ マサとのセックスに本気になっちゃってるのぉおおぉ～～～～～～ッ♥」

そんな言葉が俺を昂《たか》ぶらせ、子宮の入り口を、何度も亀頭で殴りつけた。

「あぁあッ♥ は、入っちゃいけないトコロまでぇッ♥ マサに入り込まれちゃってるうぅぅッ♥ コッコーさんも知らない場所までぇぇッ♥」

「はは……っ、康介さんのチンポは、ここまで届かないんだね……っ!」

「そおおぉッ♥ マサのほうが大きいッ、オマンコの奥まで届くのぉおぉ～～～ッ!!」

そんな告白に、俺のなかにどこか康介さんへの優越感が湧き上がってくる。

「ならこのまま中出しするからっ! 康介さんより深いところで……子宮に近いとこで精液出してやるからなッッ!!」

「あぁッ♥ だっダメ……なの、にぃ……っ!」

ほんの一瞬、亜衣姉のなかにためらいが生まれて……。

「本当に……本当にダメなのにぃっ! 中出ししてほしいって思っちゃってるのぉっ!」

折れた――そう感じ、俺は絶頂へと駆け上がるようにピストンを早めた。

「イくぞ、亜衣……っ! ホントに中で出すからなっ! 俺のものになれ……っ!」

「なるうぅぅッ♥　マサのモノになる、もう全部マサの言うとおりにするぅっ‼」

そんな彼女の宣言の瞬間、俺は彼女の膣内《なか》で精を解き放った。

どぷびゅぶうぅぅぅぅっ！

「あぁあぁあ出てるうぅぅうッ♥　あぁイくイくイくうぅぅぅぅぅうーーーーッ‼」

ガクッ、ガクガクガクガク……っ‼

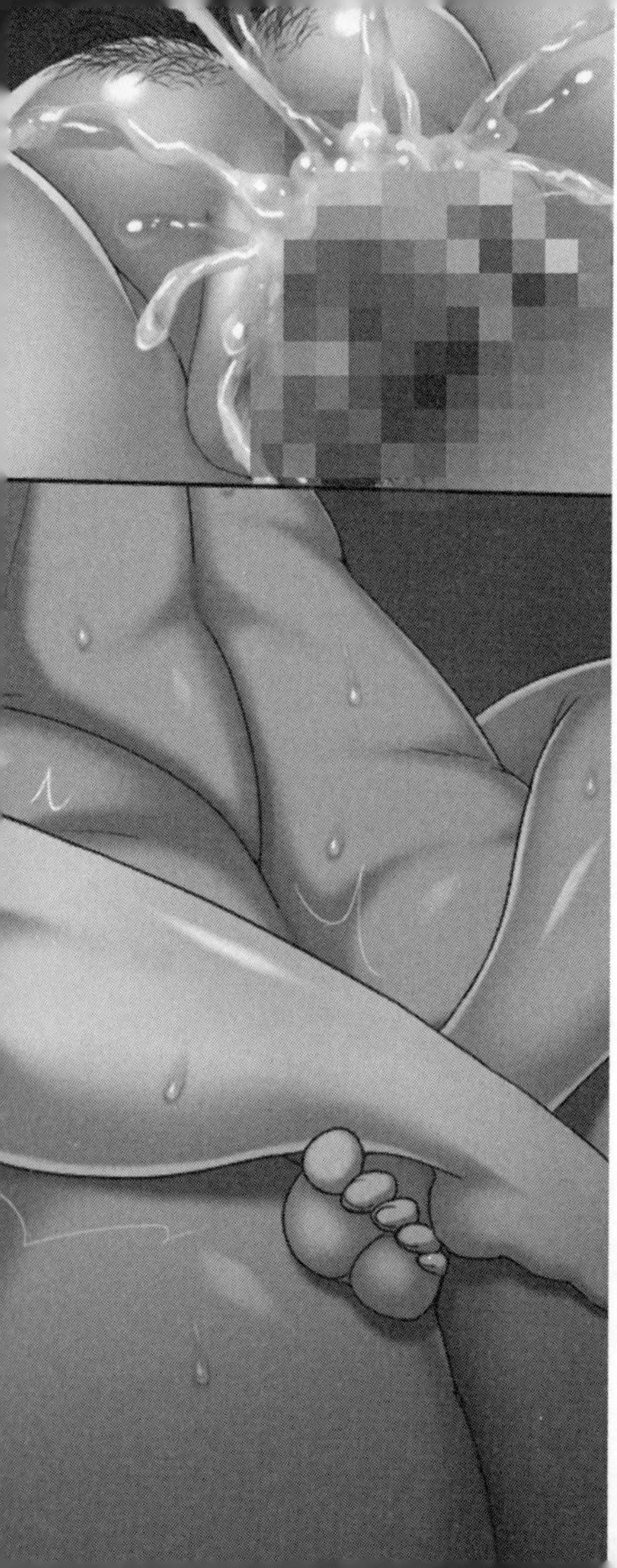

膣穴の深いところに射精されながら、亜衣姉は肢体をわななかせる。

「熱いぃいいッ！　精液入ってくるぅッ♥　子宮にいっぱい射精されちゃってるぅッ♥」

何度も何度も、亜衣姉の膣穴が震える。

「し……子宮に……精液が入ってるうぅぅ……っ、あぁ、アタシの中が……♥　マサの精液……ごくっ♥　ごく……っ♥　って……飲んじゃってるうぅ……♥」

俺は最後の一滴までを絞り取られ——そして肉棒を引き抜く。

ぽっかり開いた膣穴から、凄まじい量の精液が一気に逆流した。

「うぁ……はぁ、俺……すっごい出したな……」

満足感と、征服感に包まれながら。

俺たちは再び唇を重ねあった。

このまま肉体が輪郭をなくして、溶けていってしまうのではないかと思うくらい、気持ちいい口づけ。

俺は……亜衣姉に溺れている。

亜衣姉が、俺に溺れてくれているように。


——その日の藤川家。

亜衣姉はてきぱき動いて、盛りつけの準備をしていた。

「よっし、後は並べるだけ。マサ、悪いけどちょっと手伝ってくれない？　お箸とお皿、運んで」

「あれれ、正人君にやらせちゃうのかい？」

夫婦の様子も、いつもと変わりがない。

俺も亜衣姉の言葉に応えて、キッチンに向かう。

「それじゃよろしく頼むよ。ちょっとごめんね」

康介さんは席を立つと、トイレに向かったようだった。

──バイト帰り、俺は会社帰りの康介さんと鉢あわせた。

ふたりで話したりもしたせいか、康介さんとは以前より打ち解けて、今日もまた、当たり前のように夕食のご相伴《しょうばん》に与《あずか》ることになった、というわけだ。

「今日は肉じゃがとオクラのお浸しだからねー。マサ、アンタ少しはお野菜食べなさいね」

亜衣姉はエプロン姿で無邪気なことを言っているが──。

「亜衣姉っ」

俺は思わず、その身体を抱き寄せてしまった。

「だ、ダメッ！　アンタなにやってんの……！　コーさん戻ってきちゃう！」

「ちょっとだけ。大丈夫」

と、彼女はしばらく視線を左右に泳がせたが、ちらりと、夫が向かったトイレのほうを一瞥し――。

俺の口腔内へと、ねっとりと、淫らな器官を突き出した。

俺も舌を出し、舌と舌とを触れあわせる。

「んんっ、ふうぅぅぅ～～っ」

舌と舌でする性行為。

表面のざらつきを擦りあわせ、これからする行為への期待とともに、愛撫を続けた。

そしてようやく、唇と唇が離れると――。

「も、もう……本当に……キス、好きなんだから……ダメ、こんなの……♥」

「いいじゃん。亜衣姉も喜んでるくせに」

「うぅぅ……っ！　喜んでなんか……」

亜衣姉は悔しそうな、もどかしそうな顔をする。

「ふう、ただいま……って、あれ。まだ準備してるの？　僕も手伝おうか」

用を済ませた康介さんが、リビングに戻ってきた。

「だっ、大丈夫！　あはは！　ちょっと、マサに味見してもらってて……もう並べるだけだから、座ってて」

アブない、もうちょっとでバレていた……ビビると同時に、そのことに興奮も感じてしまう。

「……ねぇ、亜衣姉」

俺はまた話しかける。

「亜衣姉のパンツがほしいなぁ」

キスのときとは違って、亜衣姉は露骨に驚いていた。

ぽかんととした顔になって——。

「あっ、アンタなに言ってるのっ！」

さすがに怒った声になる。

「しっ、康介さんに聞こえるよ」

「ま……マサが変なこと言うから……！」

「変じゃないよ、単純かつ明快な欲望。亜衣姉が今穿いてるパンツがほしいっ」

「そんなの……っ、ダメに決まってるでしょ！」

取りつく島もない亜衣姉に、殺し文句を口にする。

「お願いだよ、亜衣姉。お願い！」

「う……っ、うぅ……そんなこと、言われたら……」

想像どおり、亜衣姉の反抗心は弱まった。

「よっしゃ！　じゃあ今ちょうだい」

「いっ、今⁉　えっ、あ……後じゃダメなの⁉」

「今。今脱ぎたてがほしい！　お願い！」

ぱんっ！

手をあわせ、亜衣姉を拝んだ。

「ぅぅぅっ……っ！　しょ、しょうがないんだから……」

真っ赤になった亜衣姉が、キッチンの奥に後ずさる。

それからヒョイッと屈んで――。

「バカ……み、見ないでよ……♥」

ソロソロと、足からパンツを抜き取った。

おおおお……っ、うおおおおお!!

歓声を上げ、ガッツポーズを決めたくなる衝動を、必死で堪える。

「これで……いいの？」

「うん！　うん！　ありがと！」

恥ずかしくてたまらないという顔で差し出された下着を、俺は両手で受け取った。

「すん……っ」

鼻先に持って行って嗅ぐと、汗の香りがする。

「あぁ、最っ高……」

「バカやってないで、早くしまいなさいっ！」

「はいはーい……へへへ」

――と、この場はお姉さんモードの亜衣姉を立てておいたが……。

「はい、コーさん。マサも」

夕飯が終わって、亜衣姉が食後のお茶を持ってきてくれた。

一見、本当にのどかな時間だ。

でも、亜衣姉は今、ノーパンだ。パンツは俺のポケットの中。

そして康介さんはそれを知らない。

亜衣姉と俺は、今この人の間近で秘密を共有している。

その事実が……俺をどうしようもなく昂ぶらせる。

「そういえば、正人君がバイトを始めたこと、亜衣ちゃんは知ってたかい」

「マサから聞いてたよ。コンビニだっけ？」

「うん、中央銀行の前にあるあそこ」

他愛ない会話に花を咲かせつつ――しかし俺は股間に血を集めていた。

自分がこれからしようとしていることに、興奮を覚えながら。

康介さんが席を立った。

……来た。

待ち構えていたチャンスが、巡ってきた。

「……亜衣姉」

テーブルの下で彼女の手を取ると、そのまま膨らんだ股間へと持ってきた。

「え……っ、え、ちょっとアンタ、どうしてこんな……！」

戸惑う亜衣姉に、悪びれず返す。

「亜衣姉のこと考えてたら、こんなになっちゃった」

「こ、堪えなさい、おバカ……っ、もうコーさんも戻って来ちゃうから！」

「堪えるとか無理……もうガマンできないよ。このまま手でして、抜いて。お願い」

混乱した様子の亜衣姉に畳みかける。

「テーブルの下ならバレないよ。お願い、亜衣姉……」

「あぁ……うぅっ、ほ、本当に……早く、済ませてよね……っ！」

不貞腐れながらも、彼女は首を縦に振った。

さわ……っ！

亜衣姉がズボン越しに、俺の股間を撫でる。

緊張したぎこちない指の動きが、逆に興奮を煽ってくる。

と、そのとき、康介さんが席に戻ってきた。

「うん、よく冷えてる。これをぐーっといくのが大人の醍醐味って感じだねぇ」

飲みたい気分だったらしく、呑気なことを言いながら持ってきたビールを煽っている。

恐る恐る俺のモノに触れる亜衣姉の手から、緊張が伝わってくる。

さわさわ……っ、さわさわさわ……っ！

自分でするときよりも、ずっと弱い力なのに、腰が震えるほどの快感だった。

「あ、チャンネル変えてもいいかな。そろそろ野球中継が始まるから」

「いいですよ。俺も観たいかも」

「そういえば、正人君は球児だったんだっけ」

「ええ、キャッチャーやってましたよ」

相変わらずそんな会話を続ける間にも、愛撫は続き――ナイターに夢中になっている康介さんの目を盗み、こそこそと囁きあう。

「……亜衣姉。チンポ、ズボンから出して」

「ほ、ほんとに……調子に乗るんじゃないよっ。これ以上はダメ……！」

「いくら亜衣姉にしてもらっても……ズボン越しじゃ、さすがにイケないし……早く終わらせたいでしょ」

「マサ……あ、後で……覚えてなよ……っ、アタシに、こんなことさせて……っ♥」

文句を言いつつも、亜衣姉の強張った手指が、ズボンのチャックを引き下げる。

ガチガチになっていた肉棒は、勢いよく服の外にはみ出した。

俺の肉棒の様子に、亜衣姉は息を荒くして発情している。

「亜衣姉……脚思いっきり開いて」

「え……っ♥ そんなのできない、無理ぃ……んふ……ふぅん……♥」

「大丈夫だよ……康介さん、テレビに夢中になってるから。平気だって。お願いっ」

小声でのお願いに、亜衣姉はさんざんためらって――そしてがばりと、脚を開いた。

眼下では、短いスカートが太股でめくれ上がって、その下のなにも着けていない下腹部が、はっきりと見えた。

「あ、アタシ……脚開いちゃってる……コーさんがいるのにぃ……っ!」

亜衣姉が小声で喘ぐ。

「へへ……すっごいねぇ、亜衣姉」

「くぅ……い、言わないで……んふ……っ♥」

その鼻からは、熱い吐息がもれた。

「ホントにあれから、ずっとノーパンだったんだ……へへ、亜衣姉のスケベ」

「いやぁ……スケベなんて言わないでぇ……っ、だって、アタシは……仕方なく……」

小声で責め立てる俺への返事は、弱々しい。

「旦那さんの前で……若い男に命令されて、ノーパンで脚開いちゃって……どんな気分？」

「は、恥ずかしい……わよぉっ♥　こんなの、早く……んく、やめて……」

懇願するような、それでいて、淫らに媚びるような口調。

「ダメ。抜いてくれるって約束じゃん……ほら、俺のチンポしごいて」

逃げ場を失い、亜衣姉は手のひらで俺のモノを掴み取る。

と同時に、俺も手を伸ばして、彼女のオマンコに触れた。

「だ、ダメッ、マサ……っ、手、離して……っ、アタシのことは、触っちゃダメぇ」

「亜衣姉がしてくれるんだから、俺もお返ししないと……」

本当に、康介さんにバレるかもしれない――そんなスリルを楽しみながら、亜衣姉を辱める。

くちゅ……っ、くちゅぅっ♥

「うわ……湿ってる……濡れてんじゃん、亜衣姉」

愛液をまとった指先で、敏感な肉の突起をぐりぐりまさぐる。

と、亜衣姉が椅子の上で、その身を跳ねさせた。

「こんな状況なのに……感じちゃ……いけないのに……マサにいじられて……マサのチンポ触って……アタシ、アタシ……どんどん濡れてきちゃうぅ……！」

そんなことを言いながらも、彼女は手のひらを上下させる。

ぐぢゅっ、にぢゅ……っ、ぐぢゅぅうぅ……っ！

その絶妙な指使いに、俺の喉からもいかがわしい声がもれた。

先走り汁が溢れ、愛撫はいよいよスムーズになって、手指がひと往復するたびに、背すじをぞくぞくしたものが通り抜ける。

「ねぇ、亜衣姉……今自分がなにしちゃってるのか、小声でいいから言ってみよ」

「え……っ！　そ、そんなの……っ！」

ぢゅぷッ。

反抗を封殺するように、膣穴に指を差し入れた。

「ほら、言って……亜衣」

亜衣姉は喘ぎとともに、言葉を発した。

「あ……っ、はぁん……っ、夫の前でぇ……く、クリトリスとか……オマンコの穴とか……い、いじられながらぁ♥　チンポ、シコシコしちゃってますぅうぅ～～～っ♥」

ビクン……っ！

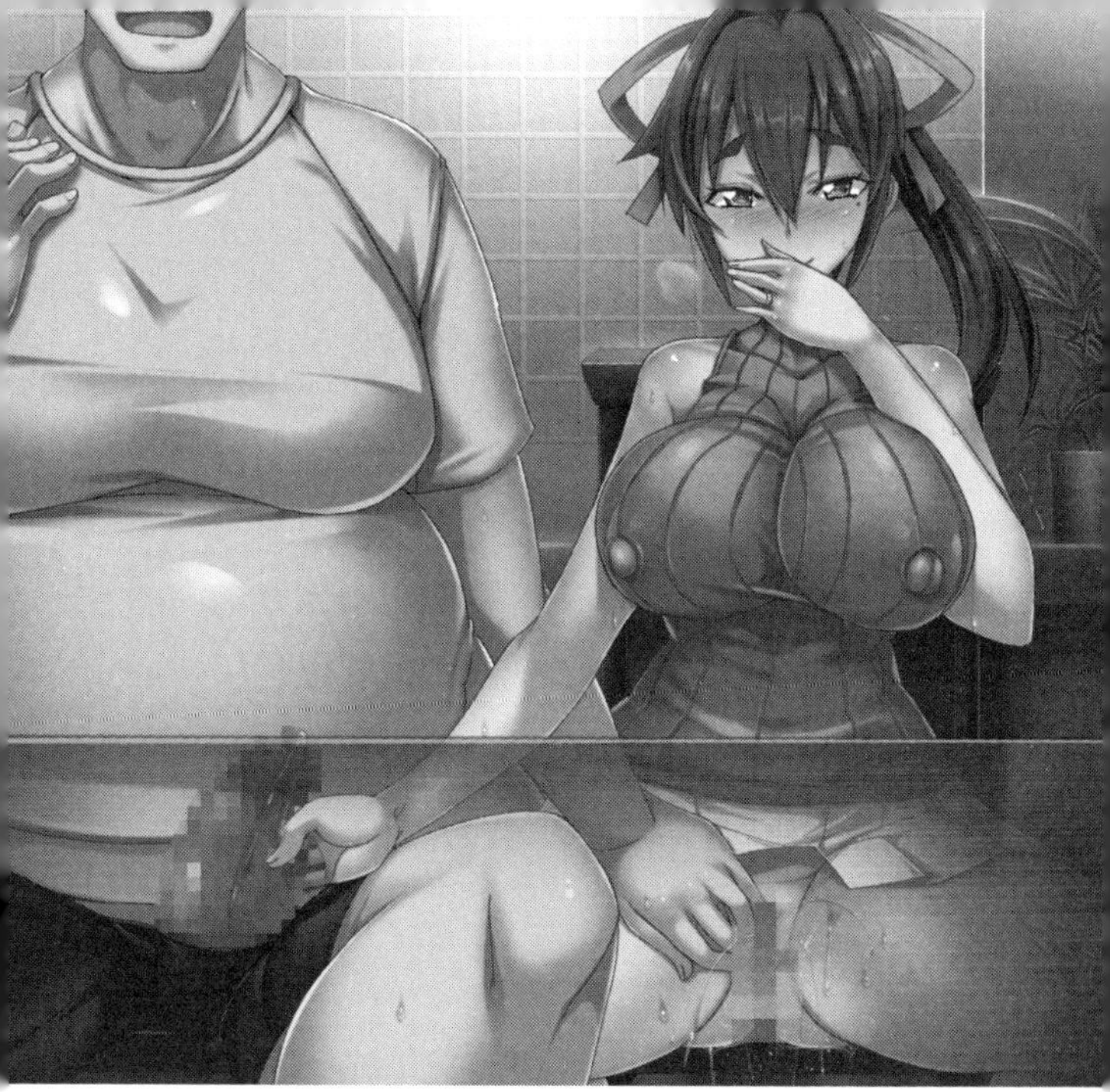

そんな淫らな告白に、俺のモノはまた硬くなる。

「ん……っ、はぁ。ああ、一缶開けちゃったな」

と、そのとき、ずっとナイターに釘づけだった康介さんの視線がこちらを向いた。

「康介さん、ライガース贔屓《ひいき》なんですね」

俺はなに食わぬ顔で、世間話を始めた。

「ん？　うん、地元のチームだからねぇ。子供の頃から応援してたからさ」

くちゅ……っ、くちゅぅぅ、ぐちゅ……っ、ぬぢゅううぅ……っ！

一方では亜衣姉への愛撫も忘れない。

彼女の愛撫の手は、激しいままだ。

「——ああ、そうだ。亜衣ちゃん。忘れないうちに」

「な、なに……ッ？」

いきなり自分に振られ、びくんと身体を震わせる亜衣姉。

「明日、ちょっと早く出たいんだ。六時くらいに起こしてもらってもいいかな」

康介さんの言葉に、にこやかに頷く。

「う、うん……っ、あ、はぁ……ろ、ろくじ……ね……」

ぐぢゅううぅぅぅ……っ!!

「あ……っ、ひん、ひぃ……いぃいぃんッ♥」

指先でGスポットの辺りを突き上げると、ついに亜衣姉の口から嬌声が零れてしまった。

これは、ちょっとマズイかな、と思ったと同時に。

「亜衣ちゃん？　どうしたの」

康介さんが、さすがに気づいたようだ。

「ど、どうした……って？　な、なに……が……っ？」

亜衣姉が笑ってごまかすのに、なにやら俺のなかに、妙な感情が湧き上がる。

気づかないでくれ。

バレちまえ。
そんな気持ちが同時に湧いて、二律背反を起こしていた。
「いや、なんだか顔が赤いし……大丈夫？」
「あ、あぁ……なんだか今日、暑いから……」
旦那の問いに、笑って返す亜衣姉。
バレるかバレないかの瀬戸際のところで、もうパニック状態だろう。
——なのに。
亜衣姉のチンポをしごく手は、さっきよりもずっと速く……そして情熱的になった。
射精感が込み上げてくる。
俺は慌てて片手をポケットに突っ込んだ。
用意しておいたコンドームの封を切って、逸《はや》りながら勃起へとあてがう。
「……亜衣姉、イかせてっ」
俺のおねだりに、亜衣姉の手が、今までで一番早くなる。
充血しきった器官に、その強い刺激がダメ押しとなって伝わって——。
ドクンッ！
俺の先端から、白濁が弾けた。
「手の中でビクビクして……っ、あぁ、す、すごい量……うちのリビングで出しちゃってるぅうぅッッ♥」

俺の射精と同時に、亜衣姉も甘い声をもらしつつ、身体を痙攣させた。

びくん……っ、びくッ、ビクビクビク……っ‼

そんな彼女の様子に愉悦を感じた瞬間。

ガタン……っ！

震えた亜衣姉の脚が、テーブルに当たって音を立てる。

「ん……？　なにかぶつかったかな？」

康介さんの言葉に、慌てて亜衣姉が言い訳する。

「あ、あはは……っ、ご、ごめんなさい。脚……ちょ、ちょっと、組み替えたら、当たっちゃったぁ……んん……っ♥」

それでも熱い吐息混じりになるその声を、康介さんが案ずる。

「亜衣ちゃん、大丈夫？　もしかして熱でもある？」

「え……え、平気、だよ……んっ、全然、いつもどおり……だから……♥」

俺はこっそりと、なみなみと精液の満ちたコンドームを外す。

手早く縛ったそれを、緩みきった亜衣姉のオマンコに突っ込んだ。

「あぁ……っ♥」

悦びの声を上げる亜衣姉に、康介さんはますます心配げになる。

「本当に平気……？　後で、熱を計ったほうがいいよ」

「そ、そうだね……熱、はかって……おく、から……んん……っ、心配、しないで……♥」

亜衣姉はさりげなさを装い、こちらにも声をかけてきた。

「あ……ふ、あ……マサ、そ、そろ……そろ……♥」

「ああ、もうこんな時間か。そうだねぇ、あんまりうちに引き留めておくのも悪いか」

「いや、何時になっても平気ですけど、康介さん、明日は早いって言ってましたもんね」

俺は席を立ち、玄関へと向かった。

「亜衣姉、ありがと。今日はすっごい楽しかった」

俺のいろんな意味を込めた挨拶に、亜衣姉はちょっと眉を吊り上げる。

「うぅ、マサ……お、覚えてなさいよぉ……♥」

もちろんさっきからずっと、オマンコには俺の使用済みゴムが入ったまま。

「今日一日は、それ入れたまま過ごして」

「あぁ……っ、許してぇ、マサぁ……♥」

俺に言いつけられ嬉しげな声を上げる亜衣姉を背に、俺は藤川家を後にした。

「じゃ、おやすみ」

第四章

バニーと魔法少女になってもらった
世話焼き奥さんで人の頼みを断れない亜衣さんにお願いして

「いらっしゃ〜〜いっ♥」

「え……え、亜衣姉……!?」

俺は藤川家のドアを開け、口をあんぐりと開けた。

「その……ど、どう……?」

「どうって……」

──その日もまた俺は、亜衣姉から夕食に誘われた。

康介さんは出張中とあって、少々の期待とともに藤川家のドアを開いたのだが──。

亜衣姉は……バニーガールの格好をしていた。

豊満なおっぱいもお尻も、ぱつぱつのバニースーツに、窮屈そうに包まれていた。

亜衣姉が身につけているアクセサリーのてっぺんから、むちむちした肉体を包むつやつやの布地を通過して、タイツに包まれた足の先まで、何度も視線を上下させてしまう。

「な、なんで急に、そんな格好……」

「ヘン……かな……?」

恥ずかしそうにする顔が、もじもじさせる身体が、俺の劣情を掻き乱す。

「そんなことない……っ、最高、いや最高。最高も最高、最高オブ最高!!」

ぎゅ……っ!

その身体を抱きしめる。

「……んんっ。その、マサ。こっちに来てくれる?」

亜衣姉は俺の手を振り解き、そのまま俺をリビングテーブルの椅子に座らせる。

「ん……今日は、アタシがいっぱい……サービスしてあげるから……ね?」

そう言って亜衣姉は、俺の脚の間にひざまずいた。

そしてスラックスのファスナーを降ろして――。

びぃんッ。

飛び出したそれを、豊満なバストで挟み込む。

むにゅううぅうぅうぅうぅ……っ!!

「うあ……っ、あっ、あぁ……!!」

詰まった肉の感触に、思わず上擦った声が出てしまった。

「んふ……どぉ? おっぱい、気持ちいい? あは……んんん……っ♥」

妖艶に微笑みながら、亜衣姉はいきり立った股間を乳房で揉みしだく。

「マサのチンポ、熱い……アタシの胸の中で、びくびく震えちゃってるぅ……♥」

甘い声を上げつつも、その瞳には挑発的な色が宿っていた。

「やっぱり男の子って、おっぱい好きなんだねぇ。こんなにガチガチにしてぇ……♥」

「ハア……っ、亜衣姉のおっぱいがエロいから」

じゅくぅ……っ、ぐぢゅる……っ！

先走り汁が溢れ出し、卑猥な粘着音が奏でられる。

むにゅ……っ、むぎゅっ、むにゅうぅうぅぅ……っ!!

「あはぁん……ふふっ、マサ、悶えてるぅ……ふふふっ♥　胸がそんなに気持ちイイ？」

手のひらで左右から圧迫された胸が、俺のチンポでさらに歪む。

奇妙な形になった柔肉が……俺をしごく。

「亜衣姉が、メチャクチャエロいから……！　見てるだけで、興奮してくる……！」

が、亜衣姉はふと、口調を変えた。

「周りには、同い年の若い子が、いっぱいいるんでしょ……？」

「……亜衣姉？」

「目移りしないように……アタシならなんでも言うこと聞いてあげるんだからね……！」

ぐぢゅうぅっっ‼

先走り汁のついた胸の表面が、亀頭をぬるぬると滑っていく。

「ふふっ、若い女の子は、こんなに上手に……おっぱい、使えないんだからね……ッ♥」

ぬめらかな肌が、亀頭や竿をまんべんなく圧迫する。

「あん……ねぇマサ、アタシのおっぱい、好き？」

「す、好き。亜衣姉のおっぱいも、おっぱいマンコも最高だ……っ！」

「ふふ……っ♪　あぁん、うれし……♥　もっと気持ちよくしたげるからね……」

ぎゅうぅぅうぅぅうぅッ‼

乳房に力が込められ、凄まじい圧力でチンポが潰される。

「あはぁ……ん、マサ……そろそろ、マサのニンジン食べてもいい？」

「え……まじ……パイズリフェラ……してくれるの？」

「んっふ……♪　さ・せ・て？」

その言葉で、亜衣姉の求めているものを理解する。

「……よっし！　舐めろ、亜衣っ。俺のチンポをしゃぶれっ」

と、亜衣姉は胸の谷間からはみ出た俺の亀頭へと、舌を伸ばした。

れろぉっ♥

温かな感触が亀頭を刺激し、俺は腰を跳ねさせる。

「んんぅ……マサのおチンポぉ……好きぃ♥」

陶酔の表情で、亜衣姉は愛しげに俺のモノを舐め回す。

と同時、胸での刺激も再開した。

にぢゅ……っ、ぐぢゅっ、にぢゅぅうぅ……っ!!

「うぁ……っ！　ど、同時は反則……！」

垂れてくる先走り汁と、唾液でべとべとになった幹が、乳圧でしごかれる。

その間も、先端への舌責めは止まない。

「アタシ、マサにならなんでもしてあげるよぉ……？　だから……マサ……っ♥」

まるで舌先で亀頭を磨き上げるように、口淫は激しさを増していく。

「マサ……ん、アタシのこと……捨てないでね？」

「え……？」

なんで唐突にそんなことを……？

「俺が亜衣姉を捨てるとか……手放すとか、なんか、そんなことあるわけないじゃん！」

「んっふ……そ、そぉう……？　でも……」

亜衣姉の嬉しそうな顔に、ホンの僅かに不安のようなものが見え隠れしている。

しかしその唇は、さっきの比ではない勢いで俺のモノにしゃぶりついていた。

んむぢゅっぢゅぅうぅッ♥　ぢゅるっ、ぢゅるぅ～～ッ♥

口腔を通り過ぎて、喉までぐぽぐぽ言わせながら、亜衣姉は俺の勃起を夢中で貪る。

「亜衣、愛してるぞ……っ」

俺の唇からも、自然とそんな言葉が溢れていた。

答えの代わりに、亜衣姉は夢中で俺のチンポを吸い上げる。

ぢゅるッ、ぢゅるぢ　ゅぶうぅうぅうぅうぅ～～～ッ♥

根本から肉棒が引き抜かれそうだ。

「わ、若いオンナじゃ……っ、こんな吸い上げるフェラぁ、できないれひょ……っ！」

その言葉にもホンの僅かに違和感を覚えつつ、今の俺はそれどころではなかった。

「亜衣姉、出すよ……っ、おねだりして……っ‼」

「んぐひゅうぅッ♥　まひゃッ♥　らひへッ♥　あらひのおくひのにゃかにひぃッ♥」

俺のモノを咥えたままそんなことを言い、そして次の瞬間、強烈なバキュームでペニスを責め立てる。

「あぁ出る、イく、イくよ亜衣姉……あぁ！」

どびゅびゅぶびゅるうぅうぅっ！

亜衣姉の口の中に、股間でたぎっていた全てをぶちまける。

「飲んで……全部、飲んで……！」

俺の言葉どおりに、亜衣姉の喉が力強く上下する。

精液を呑み込んでいるのが、はっきりわかる。

どびゅぶうぅぅッ！

その光景に、俺の勃起はなおも精を吐き出し、亜衣姉はそれも受け入れていく。

「んっぢゅるるるッ♥」

さらなるバキュームで、俺の精は一滴残らず吸い尽くされてしまった。

「おはぁ……はぁ……あぁ、亜衣姉……最高」

さらに欲が出てきて、俺は調子に乗ってお願いした。

「最高ついでに……こっち向いて……そのままピースして、舌出して……お願い」

と、亜衣姉は両手でピースサインを作って、精液を飲み干した証拠に舌をでろりと出すといった淫猥すぎる顔を作ってくれた。

俺は思わず彼女へとスマホを向ける。

カシャッ！　カシャッ！

「はぁ……んっ♥　綺麗に撮ってね……んっ♥」

何度も角度を変えながら撮影して。

「ありがと……亜衣姉。大好き」

「アタシもだよ、マサ……愛してる」

俺たちはそんなふうに囁きあった――。

でも、こんな衣装……よく自分から用意してくれたな……。

――しばし亜衣姉と床をともにしつつ、俺は思う。

なにか、きっかけとかあったんだろうか。

他にも、なんだか今日の亜衣姉は変だった。

いきなり「他の若い子」なんて言い出したり、「捨てないで」なんて言ったり……。

「……亜衣姉、なんかあった？」

「え……っ、え、え〜っと……べつにぃ？」

「あ、ウソだ。ウソついてる顔だ」

問い詰めると、拗ねたように返してきた。

「……今日、帰り道で見たよ。マサが……若い女の子と歩いてるとこ」

「……あ」

俺は絶句する。

そう、コンビニ帰りに小谷《こたに》さんと歩いていたのを見られたのだろう。

バイト仲間の女の子なんだけど、俺なんかのどこがいいのか、最近妙に懐いてきている子だ。

「それで……アタシ、不安になってきて……だってやっぱり、男の子からしたら……同年代の女の子のほうが、魅力的に見えるんじゃないの」

「あはは！　そんなこと考えてたの亜衣姉」

「わ、笑うんじゃないよ！」

そっぽを向く亜衣姉に、俺は続けた。

「あの人は……ただのバイト先の同僚だし。遊びに行こうって言われたけど断ったよ」

「えっ？　なんで……？」

「なんでって……だって、俺には亜衣姉がいるし。亜衣姉がいたら、他の女子なんか目に入らないってゆーか……」

「……ま、マサ……バカじゃないのっ！」

背を向けたまま、亜衣姉は言った。

「えぇ!? なんでバカ扱い？」

「あんな若くて可愛い子が誘ってくれたのに……アタシなんか選んじゃってさ……♥」

まだこちらを向いてくれないその顔は、しかし嬉しそうだった――。

「ハアァァァーッ!! 私は絶対負けない!!」

「くっそう……っ、こしゃくな小娘ごときに！ 負けてたまるかあっっ!!」

「後少し……っ、少しで、クリスタルに手が届く……っ!!」

「ぐぅうっ！ ホーリークリスタルは私のものだぁっ」

――特に予定のない土曜の夜。

俺は大学のアニメ研究会の先輩から借りてきたＤＶＤを鑑賞していた。

仮面の魔法少女・アイトリンの戦いを描く『魔法少女ミラクル☆マジカル』だ。

今、アイトリンは悪の四天王のひとりと、生命《いのち》を懸けた対決に挑んでいた。

お察しのとおりそのコスチュームはミニスカで、敵と戦うだけであちこちがひらひらし

て大変なことになってしまうんだが——そんな作品を見るうち、俺のなかでは悪魔的発想が湧き上がりつつあった……‼


「あぁ、な、縄が身体に食い込んでくるぅ……っ♥　あぁ、こんなのって……っ♥」

施錠した部室の中で、ロープに縛《いまし》められた亜衣姉が、窮屈な体勢で声を震わせる。

ただでさえむっちりしている身体は、食い込む縄でさらに扇情的になっていた。

「えーと……クフフ！　ブザマなものだなアイトリン！　こうして捕らえてしまえば、所詮ただの女だな！」

「くうぅ……っ！　わ、私を解放しなさいジャマー！　こんなことして、ただじゃ済まさないんだから！」

亜衣姉……どうしてそんなにノリノリなんだ……？

そう、今の彼女は亜衣姉ではなく、アイトリンなのだ。

俺は悪の組織の幹部がひとり、ジャマー様だ。

部室にあったコスプレ衣装を着させて、例のアニメについて亜衣姉にもザックリと設定を説明して、イメージプレイをすることになったのだけれど……。

「ぐっふっふ、アイトリン。貴様にはさんざん辛酸を舐めさせられた……今までの恨み、晴らしてくれるわ」

「え、えぇっと……！　こ、こんなふうに縛らないとなにもできないなんて……っ、アイトリンは、そんな卑怯者には負けないんだからっ！」

　ギシ……っ、ギシ……っ！

　亜衣姉を吊っているロープがきしむが、緊縛はビクともしなかった。

「……ま、マサ。こんな感じでいいの……かなぁ……？」

「うんうん！　最高だよ亜衣姉っ」

「うぅ……これ、なんだか……すっごく恥ずかしいよ」

「じゅ……充分なりきってたじゃん……その調子でお願い！」

「んん……っ、もう、しょうがないねぇマサは……」

　そこまではいつもの亜衣姉だったが――。

「アイトリンは、悪には絶対屈しないわ！」

いきなり芝居に入る。こうなるとこっちも——。

「ゲヘヘ、こうされても同じことが言えるかな⁉」

芝居がかった動作で、彼女の下着をずり降ろしてしまった。

胸も割れ目も丸出しにされながら、それでも亜衣姉は熱演を続けた。

「あ、アイトリンはっ、おっぱいが見えたって……オマンコが見られたって負けたりしないんだからっ！」

緊縛でせり出す形になった乳房はじっとりと汗ばんで、恥丘からは愛液が溢れていた。

「これはなんだ？　まさか……この私に捕らわれ……感じているのか？　くくくっ」

「これは……汗よっ！　ただの汗……っ♥」

くちゅ……っ、くちゅっ、ぐちゅうぅ……！

しかし俺に秘部を愛撫されたとたん、亜衣姉は甘い喘ぎをもらし始めた。

「フン、このウソツキめが。正義の味方の分際で虚言を弄するのか？」

膣穴から、濃度の高い愛液が垂れてくる。

「くく、まあウソはおいおい確かめてやろう……そら」

カシャッ‼

スマホを取り出すと、俺は彼女の痴態を撮影した。

「フフ、この痴態を……貴様を信じる愚かな人間どもに見せてやるのだ。嬉しいだろう？」

カシャッ！　カシャカシャ……っ!!

「くひぃ……っ♥　ひぃ、ひぃ……っ、い、いやよ……写真なんてぇ……オマンコ、濡らしてるところ……絶対、絶対、見られたくないぃ……っ、あぁん……っ♥」

シャッター音が響くたび、亜衣姉は悩ましげに肢体をくねらせる。

「フフ、いい顔だ。これから貴様をただのメスに堕落させてやる……！」

カシャッ！　カシャッカシャ……っ!!

股間へとぐっとズームして……。

「あぅぅ……っ♥　いやぁ、そんな近くで……んんっ、撮ったら……っ♥」

「ははは、悔しがれ！　辱めてやる」

俺は縄といっしょに用意していたアイテムを手に取った。

「え……っ、ちょ、マサ、待って、それって……まさか……！　ま、待……っ」

ヴィィイイィイィーーーーーーッッ!!

高速回転するマッサージ器のヘッドを、亜衣姉の秘唇に押しつけた。

「いっ、いやぁあぁあーーーーーっっ!!」

びくびくびくんッ。

亜衣姉が、大きく身体をわななかせる。

「こ、こんなことしても……無駄なんだからぁっ♥」

「ははは！　正義の味方といえど、この刺激には勝てないようだな！」

ヴィイイィーンッ！

亜衣姉の全身から、いやらしい匂いの汗が滲んでいる。

股間からも愛液が溢れ、電マのヘッドに絡んでいく。

「ははは！　感じているのか。この私の手で……アイトリン！　どうだいい気分か!?」

「こ、こんな責めで……私は、絶対……く、屈したりしないんだからぁっ！」

「ははは！　よがり声をあげる正義の味方か！」

ヴィイイィイーーーーンッ！

俺はダイヤルを最強にして、なおも亜衣姉を責めた。

びぐんッ、びぐっ、びくびくびくうぅうぅっ!!

亜衣姉の身体が、ちぎれそうなくらい仰け反った。

絶頂を迎えて、縛り上げられた肉体を狂ったように震わせる。

「アイトリン……まさか今、絶頂してしまったのか？」

「はぁッ、はぁ、はぁ……っ、はあぁぁあぁ……っ！　そ、そんなわけ……♥」

「ははは、そうだよなぁ！　まさか正義の味方の貴様が、こんな卑劣な責めでブザマにイくなどあり得ないよなぁ……!?」

ヴィィーーーーーーーンッ！
なおもその秘部へと、電マを突き入れる。
「イっ、イくうぅうっ、イくうううぅうぅうぅ
ーーーーーーーーーッッッ!!」
ビクンッ！　ビクビクビク……っ、ビクンッ!!
亜衣姉の肢体が細かく震える。
絶頂の衝撃が次の絶頂を呼ぶ。
その絶頂がさらに次の絶頂を呼んで、亜衣姉は何度も何度もイきまくる。
「まっ、また来るうぅうぅっ♥　大きいのがきちゃうううぅうぅっ♥」
ビクビクビクッ!!
また絶頂のわななきで、縄と身体がきしんだ瞬間。
ぷしゃあぁああぁあぁ……っ!!
その股間から、栓を抜かれた炭酸みたいに透明な液体が迸った。
「ははぁ……！　潮を吹くほどよかったか、アイトリン……！　正義の味方ともあろう女が……みじめなものだな！　敗北を認めるか？」

「う、くぅぅ……っ、わらひ……負けて、にゃいぃ……っ♥」

そんなことを言いながらも、亜衣姉の表情は、もう淫らな諦めに包まれていた。

「ふふ……こいつで完全に堕としてやろう」

俺は限界まで勃起しきった肉棒を露わにし、彼女へと迫る。

「あぁ、だ、ダメぇ……そんなの入れたらぁ、ホントに負けちゃうぅ……っ」

亜衣姉はそれを見て、甘美な吐息をもらした。

「そらいくぞ……ほらぁっ!!」

ぐぢゅぢゅぢゅうぅ～～っっ!!

身体を背後から掴み上げて、腰を思いっきり突き出し、膣穴へと挿入した。

「あぁあぁあんッ♥　あッ、あッ、あッ、あああぁあぁあぁはぁあぁ～～ッ♥」

その衝撃に、亜衣姉は手加減なく腰を振りたくる。

俺は捻りを加えるように、腰を動かした。

「こんなの勝てにゃひぃいぃ～～～～ッ♥　チンポに負けちゃうのおぉんッ♥　勝てなかったのぉぉ～～～～～～ッッ！」

「おおぉッ、認めるか！　この悪のチンポで敗北して俺のメス豚になると誓うか!?」

「誓いますぅっ♥　じゃ、ジャマー様のメス豚奴隷になりましゅッッ♥　いつでも正義のオマンコ、悪に差し出す奴隷女になりましゅからぁあぁッ♥」

「ハハハハハ!! いいぞ! 素直な貴様は最高だ! いくらでもイかせてやるっ!」

パンッ! パンッパンッパンッ!!

室内に乾いた音が響く。

ぢゅぼっ! ぬぶっ、ぢゅぶっ、ぢゅぶぢゅぼぉっ!

「ふん、淫乱めが……もっと堕落させてやる。お前が俺のものだということをわからせてやる……っ」

言いながら、演技なのか、本心なのか自分でもわからなくなっていく。

夢中になって腰を振り、奥の奥までを貫こうとする。

「そろそろ出すぞ……! 子宮で全部受け止めろ!」

「はいぃいい、いつもみたいにッ♥ 精液ごくごくさせてぇ～～～ッ♥」

「亜衣姉……っ、くはぁっ、孕めよっ! 俺の精子で孕め!」

最後のひと突きの瞬間、俺の先端から精液が迸った。

どぶびゅぶびゅるぅぅぅっ!

「あぁあぁあ～～ッ! 出てるぅぅぅッ! イくぅううぅーーっ♥」

ビクビクビクッ、ビクン……っ!!

「こッ、こんな出されたら妊娠しちゃうぅうッ♥ 孕むぅッ、孕んじゃうぅぅうッ♥」

嬉しげにそんなことを口走る亜衣姉へと、俺はなおも射精を続けた。

びゅぶびゅるぅぅぅっ！

びくん……っ、びくっ、びく……っ！

亜衣姉の奥の奥で、たぎった欲望を全て解き放つ。

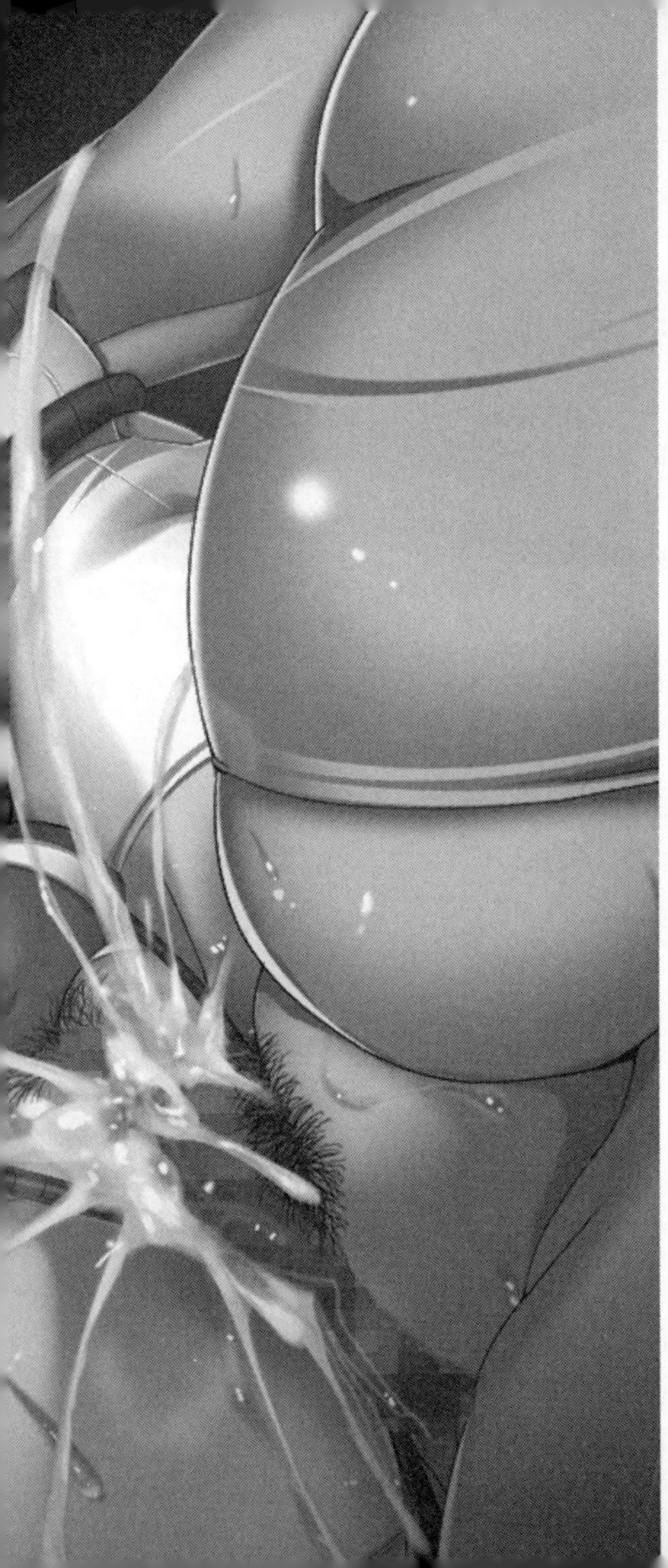

その、激しい抽挿が勢い余って——。

「あぁ……っ、あああぁあんッッ♥」

膣穴からペニスが抜け落ちた。

「あっあぁ、出ちゃうぅ、溢れちゃう……っ、あはぁっ、精液、出ちゃうよぉ〜っ♥」

そんな声とともに、注いだ精液が勢いよく逆流しだした。

「亜衣姉……最高に可愛かった」

「ばか♥」

「亜衣姉は……俺のオンナだよね？」

「ん……♥　亜衣は、マサのオンナ……ですっ♥」

膣穴から俺の精液を垂れ流して、淫蕩に微笑みながら、亜衣姉は笑った——。

第五章 世話焼き奥さんで人の頼みを断れない亜衣さんにお願いして俺の嫁になってもらった

「ふわぁ～……」

バイトを終えて、町を歩く。

鳴原町での毎日が当たり前になりつつあることが、なんとなく不思議だった。

大学で講義を受けて、アニ研に顔を出して、バイトをこなして家に帰る。

そんな淡々とした日常が、平然と過ぎていく。

春頃は新鮮だと思っていた暮らしにも、すっかり慣れてしまったが――。

「あれ、正人君」

マンションの前で康介さん、そして亜衣姉とばったり会った。

「マサ、今帰り？」

「うん。亜衣姉たちは……」

言おうとして、口籠る。

康介さんがコンビニの袋を提げているところを見ると、ふたりで買い物にでも行ってきたんだろう。

「いつもこんな時間に帰るのかい？」

「あ、今日はバイトで……学校終わるのはもっと早いですよ」

ふたりの姿を見ると、なんだか胸がちくりと痛む。

亜衣姉と康介さんは夫婦だ。

なんでもない買い物とか、散歩とかを当たり前にできる。

子供の頃から知っている亜衣姉が、今は康介さんの妻なのは歴然たる事実だ。

「それじゃね、マサ。ちゃんと夕飯食べなね」

お互いの部屋のドアの前で、別れ際に。

「……あ、そうだ。亜衣姉、ちょっと時間ある？」

慌てて理由をでっちあげ、呼び止める。

「ちょっと掃除で聞きたいことがあって……汚れが落ちなくてさ。見てもらっていい？」

「あら、殊勝な心がけじゃないの。ちゃんと自分で掃除してんのね。コーさん、ちょっと寄ってっていい？」

「うん。僕は先に戻ってるよ」

康介さんはなにも知らないまま、藤川家の中に帰って行った。

俺と亜衣姉は、廊下にふたりきり。

「それで、どこの汚れ？」

問いには返さず、俺は相手を、じっと見る。

「マサ……？」

熱の籠もった視線を送り続ける。

あなたを欲望の対象として見ていると、伝える目線。

「もう……なに考えてるのよ、こんなところで」

俺の顔を見て、亜衣姉は察したようだった。

しかしたしなめるような口調とは裏腹に、その顔は、すっかりオンナのそれだった。

「ちょっと、嫉妬した」

「嫉妬って……こ、コーさんに……？」

「あんまり普通に、夫婦してるから」

「それは……その、どうしようもないじゃない」

困った顔になる亜衣姉との距離を、俺は詰めた。

「……じゃあ、どうしたいの……？　マサは、アタシに……どうしてほしいの？」

「今日……亜衣姉んちで、ご飯食べさせてもらっても大丈夫？」

俺の問いに、亜衣姉は少々、怪訝そうに答える。

「う、うん……それは、大丈夫だと思うけど……」

「実は今日、ちょっと帰りに買ってきたものがあってさ……それを試したくて」

こんなに遅くなったのは、バイトのせいだけではない。

帰りに寄り道をしたからだった。


「ささ、康介さん」

「おぉ、これはこれは。あはは、ありがと」

――それから十数分後。

俺は勝手知ったる藤川家で、康介さんの晩酌の相手を務めていた。

「もう、あんまり注がないでね。注がれたら注がれただけ、コーさん飲んじゃうから。普段飲まないのに、たま～に晩酌するとすごいのよねぇ」

亜衣姉もいつもの、世話焼き女房の顔。

「いやいや、これが人生の楽しみなんだから、たまには好きなだけ飲ませてよ」

もちろん、康介さんは俺たちを怪しむこともなく、いつもの温和な顔だ。

夫婦の団欒《だんらん》にお邪魔する俺――ぱっと見平和な状況だけれど。

突然、亜衣姉の身体がびくりと跳ねた。

「ん？　どうしたの亜衣ちゃん」

「あ……ん、あう……っ、ちょっと、静電気来ちゃった……あ、あははっ」

笑ってごまかす亜衣姉だが、彼女の身体からは隣に座っている俺にしか聞こえないほどの、微かなモーター音が響いていた。

　俺は悪戯心を起こし、彼女の太股を指で突く。

「くぅ……はぁっ♥」

　亜衣姉は思わず、脚を大きく開いた。

　無理はない、オマンコとアナルを玩具で責められているせいで、どんな些細な刺激でも、敏感に感じてしまうのだろう。

　いや、今の亜衣姉を責め苛《さいな》んでいるのはそれだけではない。

　彼女の太股には、彼女が俺のオンナであると証明するようなことをペンで落書きさせてもらった。

　今康介さんが亜衣姉の下半身を見たら、もうどんな言い訳も通用しない。

　そんな薄氷を踏みながら、団欒は成り立っていた。

「康介さん、どうですかもう一杯」

「マサ、もうやめて。コーさん酔っちゃうから……あ……っ、あぁ♥」

　さりげなさを装う亜衣姉の唇から淫らな喘ぎがもれ、そして。

　ブブブ……っ、ヴヴヴーーーーっ!!

　オマンコとアナル、両方のバイブの振動が強まる。

　もちろん、俺がリモコンを操作したのだ。

「ん……っ、んふっ、ごほんっ♥　ま、マサ……♥」

声が出ないよう、亜衣姉は口元を手で押さえつつ、訴えてくる。

しかし縋《すが》るような顔を一蹴して、俺はニコニコ顔を返すのみ。

快楽に耐える亜衣姉を無視し、俺は彼女の旦那さんと仲よさげにしていた。

「……康介さん、酔うとどうなるんですか？」

「べつにどうなるってことはないけど、まあ眠くなっちゃうかなぁ。深酒しちゃうとリビングとか、そこのソファーで寝ちゃってねぇ」

ちらちらと亜衣姉を見ると、顔は真っ赤だし、息は荒い。

これで嫁の異常に気づかない康介さんに、逆に感心してしまう。

生涯を誓った伴侶が今、目の前でこんなことをされているのに。

「ふぅぅ……っ、ふぅ……っ、んくぅぅぅ～～っ♥」

玩具の振動は亜衣姉を責め続けている。俺なら、この普通じゃないエロい雰囲気で、なにかを察するはずだ。

康介さん。あなたの奥さん……俺にいいようにされてるんだよ。

背徳感に背すじがぞくぞくするのを感じながら、俺は内心、康介さんに語りかける。

あなたが完璧な奥さんだって、信じて疑わない女性がね……。

それでも呑気にナイターを観続ける康介さんに、俺のなかでタガが外れる。

「……いくよ、亜衣姉」

亜衣姉の身体がギクリと強張る。

このひと言で、もう彼女はこれから俺がやろうとしていることを理解した。

「マサ……っ、も、もう、本当に無理ぃ……っ、と、止めてぇっ♥　お願いぃ……っ！」

耳元で訴えられるのを受け流し、俺はリモコンに手をかけた。

ヴィィィーーーーーーーンッ！

振動は最大レベルになる。

肢体を震わせながら、必死になって振動に耐える亜衣姉。

「んっぐぅ、うぅぅう、うぅうぅうぅぅぅ～～～～～～っっ‼」

しかし抵抗も虚しく、彼女は密やかに、絶頂を迎えた。

ガタンッ‼

と同時に、亜衣姉の脚が机を強く打つ。

「……亜衣ちゃん、大丈夫？」

さすがに気づき、康介さんが振り返ってくる。

「あ、あは、ごめんごめん！　足組み替えたら、テーブルに当たっちゃったぁ」

亜衣姉がごまかす。

「いや、大丈夫ならいいんだ」

康介さんは、再びテレビに向き直った。

どうにか今回も……気づかれないままだった。

目の前で――――最愛の妻が、俺にイかされたのに。


――週末。


「亜衣姉、あんまりくっついたら歩きづらいって」

「しょうがないじゃないのっ！　恥ずかしいのよぉこの格好……」

俺たちは自宅から最寄りの駅まで、寄り添って歩いていた。

いつもは人目を気にする亜衣姉なのに、今日はまるで俺の身体に隠れるようにひっついてくる。

しかしそれも無理はない。

振り返って足を止め、俺はまじまじとその姿を見つめた。

「あんまり見ないで……んくっ、こんな若い子みたいな服、恥ずかしいんだから……！」

「いやいやいや！　亜衣姉も全然若いじゃん！　すっげえ似合ってる」

今、彼女が身につけているギャルっぽい服は、俺がプレゼントしたものだ。

十代の女の子に人気らしい服の通販サイトで買った。

胸元が大きく開いたトップスと、布地が極端に少ないショートパンツ。

派手な髪色のウィッグをつけているため、知人でも亜衣姉とわからないだろう。

「うん。やっぱいい。プレゼントして正解だったね」

「もう、なんなのヘンに笑っちゃってさ！」

亜衣姉は、辺りをきょろきょろ見回す。

「なんだか……いつもより、人に見られてる感じがする……」

「そりゃそうだろう、こんなエロい格好してる女の人がいたら見るよね、間違いなく」

「え……そんなの……うぅ♥」

亜衣姉の顔がかあっと赤くなる。うん、心底イヤだとは思ってないようだ。

「そういえば、今日は康介さんも休みだって言ってたけど、なんて言って出てきたの？」

「うん……久しぶりに、ちょっと離れたとこの友だちと会うって言って……そのまま泊まるかもって」

「ふぅん……康介さんはなんて？」

「アタシ、休みに家を空けることって滅多にないから……好きなだけ遊んできなよって、送り出してくれたよ……」

亜衣姉の表情には、罪悪感と期待が拮抗している。

「ウソついちゃったね、亜衣姉」

「だ、だって……それは……」

「旦那にウソついて……これからラブホで、一日中、若い男と浮気セックスしちゃうんだ？」

「あ……っ、うぅ♥　いやよ、そんなこと言わないで……お願いだから……♥」

亜衣姉の表情が、期待のほうへと揺らいだ。

自分が今……康介さんの妻でなく、俺のオンナであるということを、はっきりと自覚してくれている。

そうだ……今の亜衣姉は、貞淑でよくできた奥さんじゃなくて、若い男に犯されるのを期待する淫乱なメスだ。

俺だけの——亜衣姉だ。


俺たちは連れ添ったまま、駅前のホテルに入った。

「ここ、結構ネットとかだと有名なんだよ」

「有名……なんで？　普通のラブホじゃないの……？」

「ここを開けると……っと」

部屋の窓にかけられたカーテンを開け放つ。

急に入ってきた眩しい光に目を細めつつ、外を一望すると。

「ほら、見て。向かいのとこ」

「向かい……って……え、マサ……これって」

そこにはビジネスホテルが建ち、あちら側の客室の窓もこっちを向いている。

つまりそれぞれの窓から、お互いが丸見えなのだ。

「穴場の覗きスポットだって、話題みたい」

「覗きって……！　ま、マサ……向こうから、今も誰か見てるかもしれないんでしょ？」

亜衣姉の顔が急に赤くなって、狼狽する。

「興奮すると思うなぁ……絶対見られちゃいけないからこそ、見られるかもって思ったら……亜衣姉、わりとMっぽいとこあるし」

「Mって……！　あ、アタシべつに、そんな……」

「こうでもしないと、亜衣姉が俺のオンナだってこと、人に見せられないじゃん」

俺の言葉に、亜衣姉が口籠る。あとひと押しだ。

「康介さんの旦那じゃなくて。俺のオンナの……頼むよ、亜衣姉」

「ずるいよ、マサ……そんなの言われたら、アタシが断れないって知ってるくせに……」

「……ありがと、亜衣姉。愛してる」

ぎゅ……っ！

抱きしめて、ウィッグに隠れた耳へと囁く。

と、彼女の股間を覆うカットジーンズが、内側から溢れる粘液で湿っていくのがわかった。

「へっへ……亜衣姉、カラダは正直だね」

「もう……っ、そんなクサい台詞、どこで覚えてくるのよ……っ、あぁ、うぅ……♥」

「ホントのことじゃん。今……向こうの窓から見て、シコッてる人がいるかもね」

「あぁいや……お願い、本当に恥ずかしいの……言葉でいじめないで……♥」

しかしその声色は、まったく嫌がってはいない。

見ている俺も興奮し、股間がびきびき脈打って痛いほどだった。

しかしすぐに手を出すのではなく、俺は窓を背にして立つ亜衣姉にスマホをかざした。

「ん……んくっ♥　あぁぁ……本当にするの？」

「もちろん。最高のオマンコ妻を、ちゃんと撮っておかないとさ」

スマホのカメラを起動して、動画モードにセットする。

「うぅうぅ……っ、ど、動画……は……写真でも、すごく恥ずかしいのに……♥」

「亜衣姉が誰の女なのか、カメラに向かって説明してよ。旦那さんに教えてやる感じで」

「うぅ……っ、うぅうぅうっ……っ♥」

さすがに亜衣姉は躊躇するが――。

「ほら、ピースして」

俺の言葉に、亜衣姉は決心したような顔になった。

「……ぴっ、ぴぃ～～～～すっ♥　あはぁ、こ、コーさん、見てるぅ～～～？」

生ハメしてまーす♡
NTR Bitch

カメラを真っ直ぐ見ながら、こちらの指示どおりしゃべり始める。

「あ、あなたの奥さんの亜衣はぁ、マサのオンナになっちゃいましたぁ……っ♥　年下の男の子の、オマンコ妻になっちゃったのおぉ～～っ♥」

今この場では。

「ご、ごめんなさいぃッ♥　あぁ、だってぇ、マサのセックス、すごいんだものッ♥」

この動画の中だけでは——。

「若くて逞しい……っ、十八歳のオトコノコのケダモノみたいなセックスにぃ……っ、は、ハマッちゃったんですぅぅっ♥」

ジーンズの股間を濡らしながら、亜衣姉は告白を続ける。

俺のオンナになりきっていくごとに、亜衣姉はどんどんいやらしくなる。

「あぁッ、コーさんは知らなかったかもしれないけどぉ、亜衣はぁ、ホントはすごいスケべ女だったのぉ♥　レスがつらくて……オマンコしたかったのよぉっ♥」

「へへ……っ、どうしようもないね。スケベ亜衣」

「あはぁ、す、スケベですッ。亜衣はとっても性欲の強いドエロ女なの……っ、マサの言うことをなんでも聞いちゃう、ドMの淫乱女なんですぅぅッ♥」

亜衣姉の吐息は弾んで、もうセックスをした後のように荒かった。

亜衣姉の吐息は弾んで、もうセックスをした後のように荒かった。

康介さんを裏切って、俺に服従する言葉で、彼女は興奮していた。

「よく言えました……ほら、これが欲しいんでしょ」

カメラを構えたままペニスをまろび出させると、亜衣姉の顔がだらしなく緩んだ。

「チンポ……っ、マサのぶっといおチンポぉっ♥ ほ、欲しい、欲しいの……ッ♥」

その淫乱さに、勃起は上を向いて、腹につきそうだった。

「俺のチンポと旦那さんのチンポ、どっちが好き？」

「はぁっ、あぁんッ♥ まッ、マサのちんぽぉッ♥ マサのチンポに決まってるぅッ♥ あ、あの人より大きくてぇっ、ぶっといマサのチンポのほうが好きぃッ♥」

「よし……よくできたね、亜衣姉。そろそろハメてあげるから……ほら、今からなにするか、ちゃんとカメラに向かって言って」

「せっセックスッ♥ あはぁ、コーさぁんっ♥ 亜衣はぁ、今からマサとセックスしますぅッ♥ ナマでオマンコぉッ♥ しちゃうんですぅうぅぅ〜〜ッ♥」

「よーし……メチャクチャにするからなッ!!」

俺はカメラをいったん止めると、亜衣姉を抱きしめた——。

ぐぢゅぶぢゅぢゅぶゅぢゅぶぢゅぢゅぬぢゅうぅぅうぅ〜〜〜〜ッ!!

前戯もなにもなく、俺は亜衣姉へと欲望をぶつけた。

不自由な体勢で亜衣姉を持ち上げながら、肉棒で串刺しにする。

膣穴は解れきっていた。

ぎちゅっ、きちゅっ、ぐぢゅぬぢゅぐぢゅぅぅぅ……っ!!

俺の突きに、亜衣姉はあられもなくよがる。

感じながらも、その視線はちらちらと窓のほうを見ていた。

窓の縁に固定されたスマホと、向かい側のビジネスホテルの窓辺を。

「覗いてる奴もびっくりだよね。まさか窓に向かって大股開きでやってるなんてさ！」

抽挿しつつ、耳元で囁く。

「康介さんも驚いてるよ！　俺とセックスしてるだけでもすごいのに、こーやって関係ない人にまで見せてるって……っ！」

「ああぁッ!!　ごめんなさいぃぃぃッ♥　コーさんごめんなさひぃぃぃッ♥」

亜衣姉の肉体は、背徳感のせいでさらに高揚していた。

「もっとちゃんと謝って！　康介さんに、俺と浮気してごめんなさいって！」

「ああッ、コーさぁん、ごめんなさぃいいぃ～～～ッ♥　マサと浮気セックスしちゃってるのぉぉッ♥　コーさんとするよりも気持ちよくなっちゃってるのぉぉッ♥」

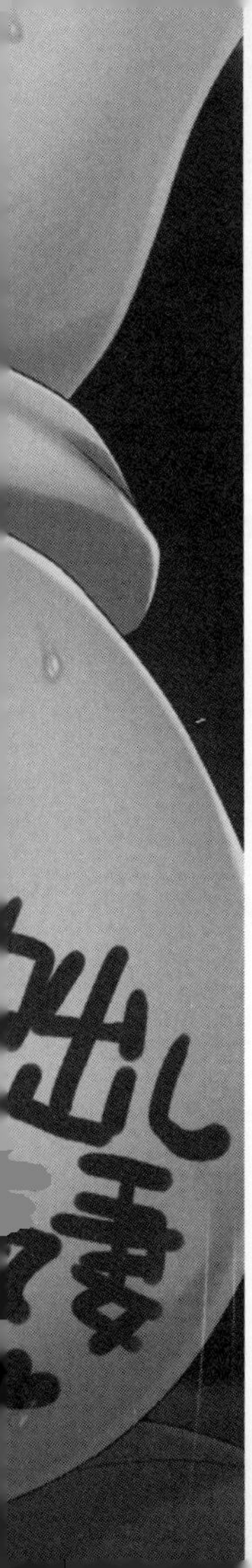

言う間にも、亜衣姉のオマンコは勃起を締めつけて、放したくないと言いたげだった。

「あぁ、あぁ見てぇ、マサのチンポがッ♥　アタシのオマンコに入ってるとこぉッ♥　いつもより濡れてる本気のアタシをぉおぉッ♥　見てえぇっ!!」

「ドスケベで変態なメス豚だね、亜衣姉はッ！」

ぐぢゅずぶぢゅぢゅぢゅぢゅうぅぅッ!!

俺にひと突きされるごとに、亜衣姉の喉からは淫らな声がもれる。

「メス豚ぁッ♥　あぁはぁ、そうなのッ、亜衣はマサのメス豚妻ですぅぅッ♥」

その言葉に応じるように、俺は亜衣姉の頭に、こっそり用意していたフックを装着した。

亜衣姉の鼻をちぎれそうなくらいに引っ張り上げて、豚みたいにしたまま固定する。

「あ、あらひホントに豚になってるふぅぅぅッ♥」

嬉しげな声を上げる亜衣姉。

「そうそう……！　もっとブヒブヒ鳴いてよ、ブタッ鼻も向こうの奴にも見せてやって！」

「チンポがキモヂよぐで喘ぐたびぃッ♥　鼻から豚息もれちゃうブヒぃッ♥　んふごぉ♥ふぎいぎぃッ♥」

「最高……亜衣姉っ！　康介さんにも見せようよ、最ッ高の亜衣姉をさ……!!」

「コーさぁんッ♥　見でぇぇぇッ♥　マサ専用のメス豚オンナのマゾ豚顔みでぇぇッ♥」

亜衣姉も俺も、理性を忘れた動物と化していた。

「ほら、もっと鳴いて！　メス豚らしく！」

「んほぉふぎぶひぃぃぃッ♥　ぶっひィッ♥　んふぎぃッ♥」

本当に動物になったみたいに、亜衣姉は夢中で鳴いた。

ビクビクンッ、びくんびく……ガク、ガクン……っ!!

情けなく豚の鳴き声を上げながら、俺に抱かれて絶頂に達する亜衣姉。

その姿にたまらない愛しさを覚える。

もっともっと、この人を犯したい。

このオンナの奥まで入り込みたい。

そんな気持ちが抑えつけられなくなる。

「愛してるよ、亜衣姉……っ!!」

むしゃぶりつくように唇を重ねる。

亜衣姉はすぐに反応して、唇を押しつけ返してくる。

「あぁ、あぁ……好きぃ、マサ……好きなの……もっとキスしてぇっ♥」

膣穴の中で勃起が脈打つ。

この女を、奥の奥まで自分のものにしたいという欲求に突き動かされ、抽挿を続ける。

が、亜衣姉の膣壁は、貪るように俺のモノを絞り上げ――。

「イく、あぁ亜衣、イクぞ……っ!!」

膣穴を肉棒で擦り上げる。

ぐぢゅぐりゅぐぢゅうぅぅぅッ!!

「おっ、おぉッ、イくッ、イくぅうぅーーーーーーっ!!」

びくびくびくんッ。

亜衣姉が身体を震わせるのと同期するかのように、俺も精を放った。

どぶびゅぶうぅぅうぅっ!!

「でっ、出てるうぅうぅッ！　あぁぁぁセーエキでイくうぅうぅーーーっ!!」

オマンコの内壁がぎゅうっと絞られ、尿道をとおる精液を吸い上げていく。

「見られながらイくのキモチいいっ♥　おぉ、オマンコイっぢゃうぅうぅうぅッ!!」

亜衣姉の身体が再び痙攣し、俺の勃起はいよいよ絞られて──。

ドクンッ！　びゅぶゅびゅるびゅくうぅうっ！

なおも射精を続け、それにあわせて亜衣姉がさらに震える。

その刺激が肉棒をいよいよ活性化させるという、一生続けていられそうな連鎖。

「あひぃいッ♥　あぁッ、なんか出ちゃうぅッ♥　中出しされながら出ちゃうぅうッ♥」

プシャァァァァァァアア……っ!!

股間から、盛大に潮を噴き上げながら、なおも亜衣姉は肢体をわななかせた。

全身で快感を感じていると、これ以上なく現してくれている。

「あはぁ……ははは……っ！　康介さんも……向こうの窓の人も……種つけ潮吹きシーンが見られるなんて思ってなかったろうね……‼」

しかし、さすがに俺の射精も最後のときを迎え――。

「抜くよ……！　ほらピースして、種つけ記念っ！」

ペニスを引き抜くと、ぽっかり開いた肉穴から出したばかりの精液が逆流しだしていた。

「あふぅっ♥　ぴ、ピースぅ……♥　あぁコーさん……♥　はぁ、亜衣の……中出しオマンコ、見てぇ……♥　マサに種つけ……されちゃったあぁっ♥」

ピースサインを作る亜衣姉を、再びスマホで撮る。

「結婚三年目ぇ……藤川康介さんの妻……藤川亜衣はぁ……♥　んくぅ、マサのオマンコ妻に……な、なっちゃいましたぁぁ〜〜っ♥」

淫蕩に微笑みながら、精液を垂れ流して、俺のものになったという宣言をする。

本当にこの光景を康介さんや誰かに見せつけかねない勢いが、今の俺にはあった。

その証拠に、勃起はまったく萎えていない。

「へへ……亜衣姉、まだ物足りないんじゃないの」

「あぁ……♥　は、はいぃ♥　もっと……何回も、何回も犯してほしいのッ♥」

亜衣姉の発情も収まっていなかった。

「それじゃ……ちゃんとおねだりして。どこに入れて欲しいか、俺に教えてよ」

「あはぁ、マサぁ、アナルにおチンポ入れてぇッ♥　ケツ穴が疼いちゃってるのぉッ♥」

そこまで言われたら、こちらも願いを叶えないわけにはいかなかった。

ずぢゅぼおおぉおぉぉ……っ!!

おねだりの途中で、よく解れた尻の穴を、俺は肉棒で貫いた。

「あはあぁぁ～～～～ッ!!　おしりにチンポ……入ってるうぅぅ……!!」

オマンコとはまた違う、ぬとぬとした感触。

直腸の感触は熱くて、同時に柔らかい。

なのに肛門の凄まじい圧力が、ペニスを潰さんばかりに締めつけてくる。

「動くよ、亜衣姉……ケツ穴も思いっきり犯すから！」

「お……っ、犯してへぇぇんッ♥　亜衣のマサ専用穴ぁ～～～～ッッ!!」

俺専用穴という言葉の響きに、背すじがぞくりとする。

「もっと言って！　この穴は俺専用だって、カメラに！」

「こ、コーさぁん♥　コーさんがハメてくれなかったケツ穴ぁッ♥　ま、マサがずぼずぼ犯してくれまひたぁあぁあっ♥」

カメラに向かい、告白する亜衣姉。

「俺に犯されて、嬉しい!?」

「うっ嬉しいのぉッ！　ずっとケツ性交したかったからぁッ♥　マサ専用ケツマンコにし

てもらえて……嬉しいのぉおおぉッ♥」

肛門の収縮に負けまいと、亀頭を奥の奥まで押し込む。

「豚鳴きはどうした！　ケツ掘られてる豚なんだから、もっと鳴けっ！」

「おッ♥　おッ♥　ぶひぃッ、ぶひッ、ぶひぶひぃいッ♥」

居丈高に言いつけると、亜衣姉は変わっていく。

俺の色に。望む形に。

それが愛しくて愛しくてならない。

「おらイけ亜衣ッ！　ケツアクメを旦那に見せつけろっ！　覗き屋にもッ!!」

俺が突き上げると、亜衣姉の身体が仰け反る。

肛門はチンポを引き千切りそうなくらい締まり、また俺から搾り取ろうとする。

びくびくびくぅぅッ。

「イったね亜衣姉……！　ケツアクメ、カメラに撮られたね」

「キモチ……イイ……っ♥　ケツアクメ……さいこぉ……ッ!!」

痙攣しながら絶頂を噛みしめる亜衣姉に、俺は囁いた。

「何回でもイって……亜衣姉をケツ絶頂させられんのは、俺だけなんだからっ!!」

宣言すると、俺はまた彼女の唇へと、自らの唇を重ねた。

濡れた唇と唇の微かな隙間から、悩ましい吐息と喘ぎが零れる。

このままいつまでも責めていたいけれど、俺もそろそろ限界だ。

「ハァ……っ、出すぞ亜衣!!　射精にあわせてケツアクメしろよっっ!!」

どびゅぶびゅぅううぅぅッッ!!

俺の先端から、再び精が放たれた。

「イ……っ、イくぅうぅ！　アナル中出しでイくぅうぅーーッッ♥」

ビクンッ、ビクンッ、ビクビクビクビクゥゥッ!!

直腸に精液を叩きつけられながら、亜衣姉はまたも絶頂を迎えた。

俺も彼女のお腹の中を焼き尽くすつもりで、最後の一滴まで絞り出す。

その征服感と、射精の満足で倒れそうになりながら――。

「亜衣姉、抜くよ……はぁっ」

ずぢゅ……っ。

ペニスを失った肛門は、膣穴同様開きっぱなしでヒクヒクしている。

しかし、それも次第に収縮していくと思ったら。

「あうぅんッ！　出ちゃうぅぅ……っ、あぁ、精液出ちゃうぅぅ……！」

ぶびぃっ♥

縮みかけたケツ穴から、精液が溢れ出す。

満足そうに蕩けた顔で、亜衣姉は精液を垂れ流し続けた。

「よし、そろそろ撮影終了……最後の挨拶しないとね、亜衣姉……」

「あ、あうぅぅ……う、うん……っ♥」

さっきと同じように、窓を背にして蹲踞《そんきょ》をさせる。

でも、亜衣姉の身体は行為前よりずっと淫らだ。

全身が汗だくで、脚の間からは精液が垂れている。

「亜衣姉……どうだった？　チンポ夫とのセックス。ちゃんと旦那さんに教えてあげて」

「こ、コーさぁん♥　見てくれたぁ……？　アタシ……オマンコもアナルも、マサのモノなのぉ～……っ♥」

ピースサインを立てながら、快楽の余韻を引きずった顔をカメラに晒す。

「マサに思いっきり犯されて……さ、最高に気持ちよかったですぅ……♥　見える……精液、オマンコから垂れてきてるのぉ……♥」

その声に反応するかのように、膣穴に残っていた精液が垂れ落ちる。

そんな淫靡《いんび》な様子を、俺はただ、カメラに収めていく。

本当に俺が亜衣姉を自分のモノにした、その証明ともいえる映像を。

「俺のモノだって……宣言して」

「アタシ……藤川亜衣は、マサのドスケベ妻になりましたぁ……♥　とっても幸せですぅぅ……っ♥」

「じゃあ……最後にオシッコして、カメラ止めようか」

ジョロ……っ、ジョロロロロロロロロロロロロ……っ!!

俺の指示に、亜衣姉は思考力を捨て去ったように、レモン色の液体を迸らせた。

窓際と床が、びちゃびちゃと汚れていく。

「うわ……湯気立ってるよ、亜衣姉。変態奥さんだね」

「あぁぁぁ♥　変態でごめんなさい……っ♥」

初恋の人が、俺の命令で、どこまでも変態になる。

「なってよ、俺だけの奥さんにさ……」

本当に……本当にそうなれたら。

しかし亜衣姉は、ただそれには切なそうな声を上げるだけだった——。


——しばし、ベッドでふたり並んで休息を取った。

そしてその間ずっと考えて——俺は形になった言葉を、亜衣姉へと告げた。

「ねえ、亜衣姉」

「ど……どうしたの。真面目な顔しちゃって……」

少し冷静さを取り戻した亜衣姉。

「結婚しようか」

その笑顔が、びっくりしたような表情に変わる。

「俺と結婚して、亜衣姉」

「……もう。ほんっとうにマサは……しょうがないね」

またちょっと、いつものお姉さんの顔に戻る。

「ごめんね、マサ。コーさんも、アタシにとってかけがえのない人……いっしょに生きるって、決めた人なの」

「わかってる」

こんな場で、こんな無粋なことを聞かされる惨めさに耐えながら、俺は頷く。

「でも、マサも同じくらい……ううん、ひょっとしたら……」

「いいんだ」

俺の声は、少々拗ねるようなものになっていたかもしれない。

「……本当にずるいね、アタシは」

「ずるくていい。それで、俺のこと好きでいてくれるんなら……それでいい」

俺はもう一度、亜衣姉の目を見て、言った。

「結婚したい」

「マサ……」

亜衣姉は、慈愛に満ちた表情で俺を見る。

その瞳は、穏やかに澄んでいた。

「結婚しようか、マサ」

「うん……結婚式も、ちゃんとしたい。ふたりで」

「あはは。そうだね、ふたりだけで……しようか」


——数時間後。

俺はシャワーを浴びていた。

高鳴る胸を、どうにか抑えようとしながら。

亜衣姉は先にシャワーを浴びて、部屋で待っている。

俺が渡したあの服——着てくれてるかな。

いや。

もしかしたら、シャワーから出たらいなくなってたりして……。

「……いやいやいや！」

そんなわけない。

そんな期待と不安とに駆られながら、俺は亜衣姉の待つ部屋へと戻った——。

「……って、あれ？」

亜衣姉の姿がない。

心臓が飛び跳ねる。

「亜衣姉……？」

まさか、帰ったとか——と不安になった瞬間。

「マサ～～っ？　こっちこっち」

「——……………………」

思わず、言葉を失う。

自分が今、どこにいるのかも忘れそうになった。

「……ふふっ、どうしちゃったの。ぽかーんとしてさ」

清廉な——なのにとんでもなく卑猥な。

俺との婚姻を遂げるための衣装に身を包んだ亜衣姉がそこにいた。

「すっごい、恥ずかしいわね……これ」

淫らに微笑みながら、亜衣姉は俺に向かって両手を広げた。

「あ……亜衣姉」

俺の口からはようやく、言葉が溢れた。

「すっごい……いい。いい。花嫁さん」

「こんなエッチなウエディングドレス……どこで買ったんだか」

恥じらい混じりに、亜衣姉は言う。

かねてより利用していた駅前のショップで以前から目をつけていて——それでさっき、慌てて貯金を下ろし、買ってきたものだ。

まるで本当に、純潔な花嫁のようなベール、白い手袋。

反対に亜衣姉の淫らさを強調するような、挑発的なデザインの胸元、剥き出しの下腹部。

頭がクラクラしてくるような、倒錯した衣装だった。

その姿に、ごくりと固唾《かたず》を飲んで——。

「亜衣姉……俺のお嫁さんになってくれる……？」

緊張しながら……声を絞り出す。

「……うん。アタシは……マサと、これからもずっといっしょにいる」

そんな彼女を、俺は思わずベッドへと押し倒した。

「ふふふ……マサ……っ♥」

そんな振る舞いにも、亜衣姉は笑顔のままだ。

「アタシ、もう……マサがいないと生きてけないんだもん。マサがしてほしいってお願いするなら、どんなことだって叶えてあげる。してあげてたいの」

亜衣姉の瞳が潤んでいく。

頬が紅潮して、唇は甘く開く、その表情に高揚と発情の徴《しるし》が顕れ始める。

「今まで以上に、もっともっと……いやらしいこと、いっぱいして♥　亜衣を、マサの好きな女に作り変えてぇっ♥　マサがもっと、愛してくれるように……♥」

「これ以上好きになったら、死んじゃうよ」

「いいの、死んじゃうくらい好きになって♥　愛して？　アタシも、同じくらい……ううん、もっともっと大きな愛で、応えるんだからっ♥」

「……うん。俺も……亜衣姉のためだったらなんでもしたい……させてもらいたい。亜衣姉をずっと笑顔で……綺麗で……その、それで、えっと……」

　肝心なところで、びしっと決められる言葉が出てこない。

「くす……っ、大丈夫、ちゃんと伝わってるよ。あんなに子供だったマサが、立派になっちゃって……♥」

けれども亜衣姉は、破願して俺を抱きしめてくれた。

「じゃ、じゃぁ。亜衣姉……誓って……」

俺の言葉にこっくり頷く。

「私、藤川亜衣はぁ……マサの……っ、稲本正人さんの、妻になることを誓いますっ♥」

誓いの言葉にあわせて、亜衣姉の剥き出しのオマンコがぬるぬると照りだした。

結婚の誓いで、亜衣姉が興奮している……！

「いくよ亜衣姉……っ、いきなり結婚初夜だ。チンポとマンコでマリッジだ……っ!!」

「あぁ、あぁ来て……！　ドスケベマリッジしたい……っ!!」

俺はそのまま、下腹部でたぎっているモノで、花嫁を貫いた。

「あひぃ、は、入ってくるぅぅぅぅ～～～～～ッッッ♥」

彼女の膣内《なか》はいつもよりずっと熱い。

ぬとぬとの粘膜が、俺の肉棒を舐めしゃぶってくる。

絶対放さないと、この触れあいが大好きだと言おうとしているかのように。

「亜衣姉、好きだ！　愛してる……っ！」

「いきなり激しッッ♥　容赦ないピストンくるぅぅぅッ♥」

抽挿を繰り返す。

絡みついてくる淫壁を、逆に引き剥がすみたいに。

いや……巻き込みながら、奥に引っ張り上げるみたいに。

「あぁッ、好きぃッ、マサぁッ、好きッ、愛してるッッ♥　マサの全部が好き～～～ッ♥」

この貪欲で快楽に弱すぎる膣穴も、俺への愛を叫ぶ声も、淫らに狂乱する顔も。

全部全部、大好きだ。

「弱いとこ突いてやる……っ！　旦那として、マンコの世話、たっぷりしてやるっ！」

ぐぢゅぢゅぢゅぢゅぢゅぢゅぢゅっ！

子宮の入り口を亀頭で押し上げる。

そのまま小刻みに揺らすように腰を使うと、亜衣姉がそれにあわせ、ベッドの中で舞う。

「ま……マサにハメられるたびに、中出しされるたびに子宮が下りてきちゃってるぅッ♥」

キツい肉穴が、俺のモノを抱きしめるように収縮する。

内壁の襞が勃起を締め上げ、たまらない快感を与えてくる。

「最高だよ亜衣姉……っ、ほらっ、ご褒美だっ！」

ぐぶっ、ぢゅぶッ、ずぢゅッ、ジュボッ、ずぼぉッ、ぬぐっ、ぢゅッ、ずぼぉッ！

小刻みなピストンに、息も絶え絶えで喘ぐ亜衣姉。

「ひあぁッ、あぁッ、あひぃッ、あひぃいッ、あひいいぃぃ～～～ッッ‼」

「ははは……初夜からこれじゃ、今後の結婚生活が思いやられるなぁ！」

「ら、らって旦那様大好きなんだものぉ～～～ッ♥　あぁ好きッ、好きよマサッ♥」

情熱的な求愛に、俺は腰使いで応える。

亜衣姉の膣穴の気持ちいいところを、幾度も幾度も突いて刺激する。

「あぁキスッ♥　マサキスしてッ♥　誓いのキスぅ、あぁ、アタシの唇奪ってぇぇッ♥」

荒い息の中からのお願いに、俺は彼女の唇へと自らの唇を差し出した。

互いの唇を押しつけあい、舌を突き入れ、そして舌と舌とを絡ませあう。

誓いのキスと呼ぶにはドスケベすぎると思う。

舌と舌とを突き出しし、その表面を押しつけあう。

軟体動物の交尾みたいに、下腹部でも、上の口でも繋がりあう。

息が切れて、夢中になっていたキスを中断すると。

「あはぁ、はぁッ、あぁ……亜衣って呼んで、呼び捨てにしてぇッ♥」

そんな言葉が、亜衣姉の唇から紡がれた。

「わかった、亜衣ッ！」

俺は彼女の名を呼びかけつつ、そのバストのトップへと手を伸ばす。

びくびくびくぅぅッ。

亜衣姉の肢体がまた大きく跳ねた。

「マンコもアナルも弱いけど、ここも大概だよなぁ!?」

俺は両手の親指と人差し指で、彼女の胸の頂の淡いピンクを握り潰した。

「あぁそこぉ、よっ弱いのぉ、乳首弱いのぉ～っ！　痛いのに感じちゃうぅッ♥　淫乱ドマゾ妻の亜衣の乳首ぃッ♥　もっとつねってぇッ♥」

「当たり前……っ！　亜衣の身体は全部、俺のモノなんだからなっ!!」

ギュウゥウウッ……っ♥

胸を責めつつ、膣への抽挿も忘れない。

その振動で、亜衣姉の巨乳はぶるぶる揺れるが、乳首は俺が掴んでいるせいでよけいその痛みは強まって──。

「痛いぃ、乳首痛いのに感じちゃううぅうッ♥」

亜衣姉──亜衣は、俺の意のままだった。

憧れていた初恋の女の人が正真正銘、俺の目の前でメスの顔をさらけ出している。

今この瞬間、俺たちは本当に夫婦だった。

「亜衣……これからずっとずっとハメまくるからっ！　俺の子供孕ませてやる……っ！」

「こっ、子供ぉっ、あぁ、あぁそれは……それはあぁぁあッ！」

さすがに亜衣も、それにはためらいを見せる。

「亜衣は全部俺のもんだ……っ、子宮の中も、腹の中も……っ、誰も入ったとこない場所まで、全部俺のものにしてやるから……っ!!」

「あぁ、う、嬉しいよぉ～～～っ♥　子供は……あぁ子供はダメなのにぃ……子宮が下りて来ちゃってるぅ……っ♥」

子宮口が、亀頭をねっとり包むように蠢きだす。

「子宮がマサの赤ちゃん孕みたがってるぅ♥　マサの子種ほしくて、勝手に準備しちゃってるのぉ～～～～ッ!!」

「それでいいんだよ……孕ませてやる、亜衣だってホントは欲しいんだろ、子供ッ!!」

腰を突き、乳首を捻りつつ、問い詰める。

「もう好きにしてッ♥　亜衣はマサのスケベ妻だから、好きなだけ中出ししてぇぇッ♥」

俺は渾身の力で、亜衣の膣内《なか》を刺し貫いた。

「あぁあああぁあああぁーーーーーッ!!　イくうぅぅうぅうぅーーーーーッッッ!!」

びくんっ、がくんッ、びくびく……っ!!

亜衣は身体を大きく仰け反らせ、そして膣穴で肉棒をもっと奥に誘うように締めつけた。

「ここ突かれるとすぐイくよなぁ！　ほらぁっ!!」

以前に見つけた弱点へと、押しつぶすように体重をかける。

びくんッ、びくッ、ビクビクビクビク……っ!!

激しい痙攣とともに訪れる、男根がもがれるかと思うくらいの、肉穴の締めつけ。

膣穴のわななきが、俺の肉棒へと伝わってくる。

マゾメスのオマンコと子宮が、もっともっとと俺を求めていることが。

「康介さんは知らないんだよなぁ、こんな連続イき癖」

「そうなのぉッ、マサだけぇっ♥ 亜衣のオマンコ全部知ってるのはマサだけなのぉッ♥」

本当にこの人は、亜衣は、俺のモノだ。

「俺と結婚したって……康介さんにきちんと言って！ 報告するんだよ！」

「あぁぁ～～ッ♥ コーさぁんッ、ごめんなさいぃッ♥ 亜衣はマサのスケベ妻になっちゃいましたぁッ♥ 許してぇぇぇ～～～ッッ♥」

亜衣が宣言する。

「これから……コーさんと結婚しながら、マサの変態奥さんとして生きていきますッッ♥」

「そう……それでいいんだ、亜衣は俺のものだっ」

亜衣の全部——ではなくても、俺の視点から見たときは、間違いなく全部を。

乳首から手を離して、両手を繋ぎあう。

「もう絶対放さないから。亜衣は俺のオンナだッ」

「放さないでぇッ♥ 亜衣はマサのオンナですぅッ♥」

そしてまた、俺たちは唇を重ねる。

舌を絡めあうキスを——口唇での交尾をする。

性器と唇だけじゃなく、全身でひとつになりたいと願う。

もっと深く。

もっと奥へ。

もっともっとと……どこまでも求めあう。

「マサぁ、あぁ、あいひへるぅ……っ♥」

「俺も……っ、亜衣、亜衣っ」

たっぷりキスを味わった頃には、俺の限界も近づきつつあった。

亜衣の膣穴痙攣を何度も受け止めて、射精の刻《とき》を迎えそうになっていた。

「もうイくからな、亜衣……っ！　マンコでザーメン受け止めろよ……っ!!」

「はいぃっ♥　う、受け止めます、マサの精液射精受け止めるうぅぅ〜〜ッ♥」

俺は絶頂へと続く、最後のスパートをかける。

その刺激に亜衣も震えて――。

どびゅぶびゅるるるるるるッ！

瞬間、ペニスからは夥《おびただ》しい白濁が迸った。

「あはあぁああぁ〜〜〜〜ッ!!　イくうぅうぅぅーーーーーっっっ!!」

ビクンッ！　ビクッ、ビクビクビクウゥゥ……っ!!

一番奥で出してやろうと思っていたが、けれどそこは、行き止まりじゃなかった。

下りてきていた子宮がぐっと開いて、俺のペニスを包むようにわなないた。

妊娠を決意した子宮に、俺の子種汁が。

「絶対妊娠するうぅッ♥　子宮にマサの精液入ってきてるのがわかっちゃうのぉぉっ♥」

身体を震わせ、亜衣は俺のモノを搾り上げ、精の一滴までをも貪っていく。

「子宮溺れるうぅ〜〜〜ッ♥　受精アクメしちゃうぅ♥　孕ませてぇぇーーーーっ♥」

俺も最後の一滴まで、子宮に精液を注ぐ。

どくぅぅッ！

最後の一撃に身体をわななかせ、そして亜衣は満足げなため息をもらした。

「ああ……すごい、中……たぷたぷしてんのが……わかる……」

すぐには抜かない。

まだ、この余韻を楽しんでいたかった。

そのまま、俺たちは顔と顔を近づけ——軽く、唇をつけるだけのつもりだったのに。

ちゅぶ、ちゅるぅ……っ♥　んちゅぅぅぅう〜〜〜っ♥

ついつい深く絡めあってしまう。

そして唇と唇が離れると、亜衣は淫蕩に微笑んだ。

「んふ……マサ……これからも、ずっと可愛がってね……♥」

「もちろん。幸せにする」

「あぁ……嬉しい……♥　アタシ、本当に……マサのお嫁さんになったんだぁ……♥」

「うん……亜衣、愛してる……一生……」

「アタシも……マサ……一生、愛してます」

繋がりあったまま、俺たちはそれを噛みしめる。

世界で、誰にも言えない結婚式。

それでも、俺たちはたまらなく幸せだった——。

エピローグ

白み出す空を眺めつつ、あくびを噛み殺しながら、俺は街を歩いていた。

もはやおなじみのコンビニバイト帰りだが、最近はシフトを増やして深夜から朝までの時間も働いている。

いつも起きるような時間に寝るという時間割には、まだ慣れていなかった。

でもバイト代は欲しいし、学業と両立させることを考えると、深夜帯は給料も高いし都合がいいのだ。

——鳴原町に舞い戻ってきてから、そろそろ一年経つ。

昔あった建物が別のものに……なんて新鮮さも、すっかり味わい尽くした。

大学生になって、この町に帰ってきて、自分は変わったのだろうか。

「……いや」

変わったのは、自分ではない。

きっと取り巻く環境のほうが変化した。

——初恋の人と再会して。

――ナマの、オンナを知って。

――そのオンナを……自分のモノにして。

そういう……周りのことにつられて、自分まで変容したように感じられるんだ。

多分……俺は、まだガキなんだと思う。

しがない学生で、社会的地位なんてない。

自慢できるようなものもない。

ただ……それでも、手に入れたものがある。

それを手放したいとはまったく思わない。


とりとめのないことを考えながら、マンションの廊下にたどり着く。

「あぁコーさん、襟のとこ曲がってる。ほら……うん、これでよし。気をつけてね」

「ありがとう。それじゃあ行ってくる。亜衣ちゃんも気をつけてね、もうひとりの身じゃないんだから」

「くす、毎日それ言ってる。わかってるって。心配性なんだから、もう……ふふふ」

これもすっかりおなじみになった、仲むつまじい夫婦の、朝の光景。

康介さんは機嫌のよさそうな笑みで、こちらに呼びかけてきた。

「や、正人君おはよう。今日もまた夜勤？」

「はい。休みの日は大体夜シフト入れてます」

「感心だけど、気をつけてね」

「ありがとうございます……にしても康介さん、ご機嫌ですね」

「ふふ、わかるかい。いやぁ……長年の願いが叶ったからね。最近はそれを実感することが多くてさ。ついつい頬が緩んじゃうのさ」

ご機嫌なまま、康介さんは出社していく。

俺は入れ替わるように廊下を歩き、自分の部屋を素通りして、そして藤川家のドアを開け、平然と中に上がった。

「あっ、コーさーーんっ♥　行ってらっしゃーい」

中ではベランダから身を乗り出して、亜衣姉が手を振っていた。

「あぁ、亜衣ちゃーん。落っこちないでねー」

窓の外から、康介さんの返事が聞こえてくる。

俺はそんな幸せそうな亜衣姉の背後へと、そっと近づいた。

彼女のズボンとパンツをずり下ろすと、肉づきのいいお尻が丸見えになる。

その肌が、背徳と緊張と……そして悦びで、ざわざわと粟立っている。

亜衣姉はときどきこちらに振り返り、妖艶な流し目を俺に送りながらも、康介さんに手を振り続けている。

「……大丈夫、苦しくない？」

「んふ……♥　大丈夫だよ、もう安定してる……♥」

小声で俺に囁く亜衣姉のお腹は、大きく膨らんでいた。

これが、そう、康介さんのご機嫌の理由だ。

妊娠して何ヶ月経ったか、つわりを無事終え、今では安定期に入っているらしい。

前に聞いたように、亜衣姉と康介さんはずっと子供を望んでいたけれど、なかなか思いどおりにはいかなかった。

しかしその念願が最近叶い、今の藤川家には赤ちゃん用のベッドやバスタブなんかが所狭しと並んでいる。

「亜衣姉……もうオマンコ濡れてんじゃん。こうなることわかってたな」

「んんっ、だっていつもそうじゃない。マサったら、夜勤明けは毎回うちに来て……♥」

しかし俺たちは、そんな部屋のムードに似つかわしくない会話を続けた。

お腹の子供が、誰の子なのかは調べていない。

でも、俺も亜衣姉もなんとなく察している。

「やらしい奥さんだな。お仕置きしてやる」

ぢゅぶぶ……っ!!

俺は不意打ちのように膣穴を貫いた。

亜衣姉は大きく震えながらも、声は必死にガマンする。

「へへ……妊娠マンコが奥までびっしょびしょ。ママがこんなにエロくていいの？」

「だってぇ……あふぅっ♥　こ、こんなすごいの……入れられちゃったらぁ～～っ！」

外には届かないように、亜衣姉は小声で返してくる。

「亜衣ちゃーん、どうしたの？」

と、外から康介さんが声をかけてきた。

「ふぅっ♥　だ、大丈夫ぅ～～♥」

必死で笑顔を取り繕う亜衣姉。

「あんまり動いちゃダメだよー。本当に、身体には気をつけてー」

それだけ言って、康介さんが背を向けるのに乗じて、俺は腰を打ちつける。

「コーさんに心配してもらってるのにぃぃ

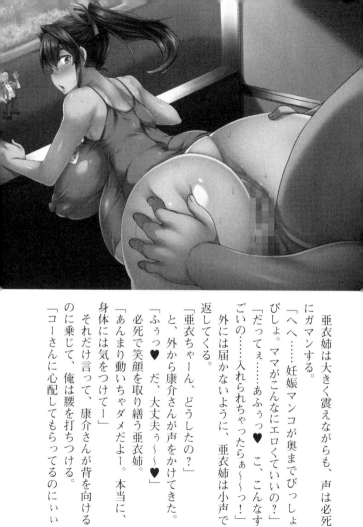

……っ♥　マサとドスケベセックスしちゃってるぅぅぅッ♥」

それにあわせてリズミカルな嬌声が上がった。

肉穴の襞のひとつひとつが幹に絡みついてくる。

もっと奥に来て欲しい、もっと突いて欲しいと際限なく訴える。

「ほらっ、康介さんに大丈夫だって、笑顔でピースしてあげなよっ」

俺の言葉どおり、亜衣姉が、快感に蕩けきった顔でピースサインを作る。

「───……だよ───……だから……」

なにやら、康介さんの声がさっきよりも遠くから聞こえる。

距離のせいではっきり聞き取れないが、亜衣姉のピースサインの本意に気づかず、なんだか呑気な返事を返してきているようだ。

「浮気セックスしてるって教えてやれっ！」

乾いた音を響かせながら、亜衣姉の腰を突く。

「あぁあっ！　ごめんなさいコーさぁんッ♥　アタシ、コーさんを見送りながら浮気セックスしちゃってるのぉ～ッ♥」

康介さんが遠ざかったのをいいことに、亜衣姉は、大きな嬌声を上げた。

「亜衣は俺とセックスするのが大好きなんだよなぁ」

「好きぃッ、大好きぃッ♥　亜衣はマサのオマンコ妻だものぉッ♥」

言葉だけじゃなく、膣壁も俺の問いに応えるかのように、勃起へと絡みついてくる。

「おぉッ、奥までくるぅうッ♥ あぁ、奥まで……当たってるぅうッ♥」

「康介さんのとは全然違う？」

「違うぅッ、全然違うぅうッ♥ 若くて元気なチンポぉ♥ 男らしくて好きぃッ♥」

よがり狂う亜衣姉の胸が、ばるんばるんと派手に揺れていることに気づき、手を伸ばす。

むぎゅぎゅっ！

前よりもぱつんぱつんに膨れた乳房を、思いっきり揉みしだくと。

「あああぅうぅ～～～～っ!! お、おっぱいらめぇぇぇぇ……っ!!」

また亜衣姉は淫らに身体を震わせた。

感触も以前とはずいぶん違う。

内側から張りつめているのがはっきりわかった。

「つらいだろうから……マッサージしてあげるよ、ほら、ほらほら」

むぎゅうぅ……っ、ぎゅむ……っ、ぎゅちぃいぃ……っ!!

乱暴に、握り潰さんばかりの力で揉むと、そのたびに亜衣姉は歓喜の声を上げた。

「あぁッ、赤ちゃんッごめんねぇッ♥ お母さん変態のマゾ女だからあぁ♥ マサぁ♥

もっと握り潰してぇぇぇぇッ♥」

ご要望にお応えして、ふたつの膨らみをあらん限りの力で握り潰す。

「おらっ！　乳出せっ！　ミルク射精しろっ！」

ぎゅっぎゅむぅぅぅぅぅぅぅッッッ‼

ぶびゅるぅぅぅぅぅぅッッ♥

その瞬間、いきり立ったふたつの乳首から、濃厚なミルクが噴出した。

同時にオマンコがいよいよペニスを絞り立てるように、強く強く収縮する。

「あぁ出てるぅ、おっぱい射精でイくぅぅぅぅぅーーーーーッッ♥」

ビクン……っ、ビクッ、ビクッ、ビクビク……っ‼

背中を大きく大きく反らせながら、亜衣姉はなおも俺の勃起を締めつける。

それに負けまいと、俺はさらに乱暴に、彼女の奥へと勃起を突き入れた。

そのたびに乳首から噴き出すミルクも、内壁の痙攣もどんどん強くなっていく。

「あっ、あぁッ、また出るぅッ♥　赤ちゃんのぶんがなくなっちゃうぅぅぅぅッ♥」

乳房から噴き出す白濁はさらに勢いを増し、外の植木へと降りかかっていく。

それを見ると、俺はいよいよ腰の動きを加速させずにはおれなかった。

亜衣姉の膣穴に肉棒を擦りつけ、その摩擦で射精を誘う。

「はあぁ……っ、イくぞ、亜衣！　全部受け止めろよ……っ！」

「来てへぇっ♥　中出しぃッ♥　妊娠子宮にザーメン出してぇッ♥」

亜衣姉のおねだりの、その次の瞬間。

どぶびゅぶびゅるうぅぅッ！

限界を迎えた欲望が、亜衣姉の膣内《なか》へと迸った。

脈打つペニスが、何度も何度も精液を放出する。

「あぁイくぅっ、ボテ腹マンコにザーメン入れられながらイくううぅーーーーっっっ‼」

びくんッ、がくんッ、びくびくびく……っ‼

亜衣姉の身体がわななき、膣壁はペニスを絞り上げ、それがさらなる射精を促す。

どびゅぶうぅっ！　びゅぶっ！　びゅぶびゅるびゅぐうぅぅぅ～～～っっ‼

「あぁぁ～～～ッ！　妊娠してるのにまら種つけされりゅううぅぅーーーーっっっ‼」

びゅぶ……っ、びゅるぅ、びゅくうぅ……っ♥

最後の射精が終わるとともに、亜衣姉は幸福そうなため息を吐いた。

「あぁっ、あっ、あぁ……あぁ………っ、ぜ、全部中に……出たあぁぁぁ……♥」

全てを出しきったペニスを、亜衣姉の中からゆっくり抜く。

「あうぅッ♥　抜けるぅ……あぁ、せ、精液もれちゃううぅ♥　旦那様の子種汁ぅうぅ♥」

名残惜しそうにつぶやく彼女へと、俺は尋ねた。

「亜衣……亜衣は俺のなんだ。言ってみろ」

「あぁ……あはぁ♥　亜衣はぁ……マサの、ドスケベオマンコ妻ですぅ……♥」

俺の居丈高な言葉に、当然のように亜衣姉が答える。

「よし……これからも毎日セックスしまくってやるからな。ふたり目も三人目も、すぐできるくらい」

「あはぁっ♥ 嬉しい……ん♥ いっぱい……いっぱい赤ちゃん作りたい……♥」

「取り敢えず、寝室に行って二回戦だなぁ。亜衣だって、まだ全然満足できてないだろ？」

亜衣姉が嬉しげに、身体を震わせた。

「……たっぷり可愛がって、マサ……お願いっ♥」

淫蕩に微笑む、俺の秘密の妻。

俺もまた、喜びを噛みしめていた。

これでいい。

これが、俺と亜衣姉にとって最高の関係だ。

大きなものを犠牲にしているかもしれない。

欺瞞《ぎまん》と裏切りだらけかもしれない。

ときどきは、胸の奥がちりちりして、頭をかきむしって、罪の意識に苛《さいな》まれたり、人目をはばかる関係しか持てないことが、悔しくてしょうがなくなったりもする。

でも今は幸せって、思うから。

俺はそれ以上、望まない。

それが俺の恋で、愛ってやつなんだと思うから――。

北原みのる

Minoru Kitahara

皆さま、お久しぶり or 初めまして、今回ノベライズを
担当させていただきました、北原みのるです。
さて、カバー折り返しのプロフにも書きましたとおり、
ぼくは『ドラえもん』についてはかなり詳しいのですが……。
みなさん、「ガチャ子」をご存じでしょうか？
ジャイ子とか、スネ夫の弟スネツグとか、近年、
『ドラえもん』のレアキャラについて語られる機会も
増えてきましたが……この「ガチャ子」、ドラえもんの
１／３ほどの背丈しかない、ガチョウ型ロボット。
実のところ、原作漫画で三、四回登場しただけで消えて
しまった、そしてコミックスには収録されていない、
黒歴史扱いのキャラなのですが、近年有名になった
日テレ版『ドラ』(大山のぶ代さんが演る以前の作品) にも
登場していたことなどから、認知度が上がってきました。
もっとも、藤子・F・不二雄大全集には登場回が収録
されているのですが、しかしそれを読んでも何者なのか
まるで説明されないままに登場し、予告も何もなく姿を
消してしまった、本当に掴みどころのないキャラ。
ところが……最近、You Tube で再生数を伸ばしている某
『ドラえもん』解説サイトでは、このガチャ子、
ドラえもんの妹だとされています！　そう、ドラミ以前は
このガチョウが妹だったのです！　もっとも、原作を
読んでもそんな説明はなく、その動画でも妹であることの
証拠は特に挙がっていなかったのですが……。
ガチャ子、お前は一体何者なのだ!?

オトナ文庫

世《せ》話《わ》焼《や》き奥《おく》さんで人《ひと》の頼《たの》みを断《ことわ》れない亜《あ》衣《い》さんにお願《ねが》いして中《なか》出《だ》しハメ放《ほう》題《だい》のドスケベ妻《づま》になってもらった

2021年 12月17日　初版第1刷 発行

■著　　者　北原みのる
■イラスト　bbsacon
■原　　作　Pin-Point

発行人：久保田裕
発行元：株式会社パラダイム
〒166-0004
東京都杉並区阿佐谷南1-36-4
三幸ビル4A
TEL 03-5306-6921
印刷所：中央精版印刷株式会社

OB-265

装煌聖姫イースフィア
～淫虐の洗脳改造～
オトナ文庫 168
著：環方希 画：左藤空気
原作：Pin-Point
定価：本体750円(税別)
始めましょうか――
雌豚奴隷への
洗脳調教を！
人類への復讐に燃える天才科学者・ヴォイド率いる悪の組織『オメガ』の侵略により、日本中が一方的に蹂躙されていた。綾崎雫と藤井夏海は、そんなオメガに対抗する正義の美少女戦士「イースフィア」だ。しかし、狡猾なヴォイドの卑劣な罠によって、ふたりは捕らえられてしまう。正義のためにと禁欲的だった少女たちだが、激しい洗脳催眠と調教でエロ知識を植え込まれた精神は、無限の快楽を求めてしまって!?
好評発売中!!